이런 사람
만나지
마세요

이런 사람
만나지
마세요

누군가에게

한 세상이다

한 사람은

!

지식생태학자
유영만 교수의
관계 에세이

나무생각

차례

2부 이런 사람 피하세요

3부 뭔가 다른 이런 사람 되세요

누군가에게 한 사람은 한 세상이다

지금까지 내가 만난 사람들은 저마다의 사건과 사고를 경험하면서 고유한 자기 정체성을 갖고 살아온 사람입니다.

한 사람을 이해한다는 것은, 그 사람이 어떤 삶을 살아왔으며, 누구를 만나 어떤 인간적 자극을 받고 살아왔는지, 어떤 체험과 각성을 통해 자신을 부단히 재탄생시키며 살아왔는지를 편견 없이 알아내는 일입니다.

그리고 한 사람을 이해한다는 것은 그 사람의 아픔을 가슴으로 공감하는 일입니다. 이해가 머리에서만 이루어질 때는 복잡한 생각이 개입되면서 나의 방식으로 상대를 재단하고 평가할 수도 있습니다.

사람이 사람을 이해하는 일은 말처럼 쉽지 않습니다. 이해했다고 생각하지만 그것이 가장 큰 오해일 수도 있습니다. 내 입장에서는 이해했다고 생각했지만 상대는 오해했다고 생각하기도 합니다. 그런 오해가 깊어질 때 관계는 끊어지고 사람 사이에 경계가 생기기 시작합니다.

가만히 생각해보면 이해는 자신에게 유리한 입장에서 이기적으로 해법을 찾아보려는 발상인지도 모르겠습니다. 그래서 완벽한 이해는 애초부터 불가능한 꿈입니다. 주관적인 사람이 또 다른 주관을 갖고 있는 사람을 이해하는 과정은 자기 주관으로 상대를 오해하는 과정의 반복이 되기 쉽습니다. 다만 사람에 대한 오해의 정도와 수준을 어떻게 줄여갈 수 있을지가 우리가 만들어가는 인간관계의 숙제라고 생각합니다.

관계는 근본적으로 이기를 지향하고 있다. 가령 인간과 의자의 관계, 제공하는 쪽과 제공받는 쪽의 생각은 묘하게 어긋나곤 한다. 말하자면 우리는 의자에게 체온을 주었다 여기지만 의자가 기억하는 건 무게이다. °

○ 이규리, 《돌려주시지 않아도 됩니다》(난다, 2019), p.68.

이규리의 《돌려주시지 않아도 됩니다》에 나오는 말입니다. 인간관계도 이렇지 않을까요? 나는 상대를 배려해서 도움을 주었다고 생각합니다. 하지만 도움을 받은 상대는 오히려 자기 일에 참견해서 불편하게 만들었다고 생각하기도 합니다. 그만큼 인간관계는 난해합니다. 그런 차원에서 이 책에서는 많은 사람들이 느끼고 있지만 분명하게 말하기 어려운 인간관계의 여러가지 양상에 대해 지금까지 살아오면서 느낀 점을 꾸밈없이 써보려 합니다.

저는 대학에서 학생들을 가르치고 있습니다. 사람의 생각과 행동을 변화시켜 즐겁게 학습하고 건강한 지식을 창조해서 함께 나누는 지식생태학 연구에 많은 관심을 갖고 있습니다. 왜 인간관계 속에서 인간의 숭고한 미덕을 찾아내고 더불어 행복한 공동체가 되기 위해 저마다의 위치에서 노력을 기울여야 되는지 고민하며 연구하고 있습니다. 가깝게는 강의실의 학생들과 동료 교수는 물론 강연을 통해 국내외의 다양한 사람들을 만나고 교류합니다. 그들의 행복과 불행은 대체로 '어떤 사람'을 만나느냐에 따라 좌우됩니다.

최근에 우리는 SNS를 통한 관계망으로 더 많은 관계와 친

밀도를 구축하고 있습니다. 그러나 관계가 성숙되지 않고 관계 망이 빠른 만큼 부작용도 많이 일어나고 있습니다.

한 사람에게 어떤 사람은 운명 같은 만남이 되기도 합니다. 우연한 만남이었지만 그 만남이 한 사람의 삶을 전혀 다른 방향으로 바꿔주는 전환점을 마련해주기도 합니다. 그만큼 사람과 사람이 만나 이루어가는 연대는 우리가 평생을 추구하면서 가꾸어나가야 할 커다란 숙제이자 축제이기도 합니다.

우리가 사람을 만나서 얻는 즐거움은 더불어 행복한 삶을 만들어가는 데 있습니다. 잠시 나의 울타리를 걷어내고 다른 사람의 세계로 넘어가야 나 아닌 다른 사람의 세계와 접목할 수 있습니다.

사람의 성장은 나와 다른 생각을 갖고 있는 사람과의 부단한 접속에서 이루어집니다. 꽃이 뿌리에서 물을 끌어올려 저마다의 빛깔로 피어나듯, 사람도 저마다의 생각의 씨앗을 다양한 사람을 매개로 피워내면서 인간적인 아름다움을 만들어갑니다.

만남과 헤어짐을 반복하며 인생은 차곡차곡 성숙해갑니다. 그것은 정반합의 과정을 거치며 진화합니다.

사랑하는 사람을 내 곁에 두고자 하는 것은 이기심의 발로입니다. 상대를 좋아하는 이타심으로 시작한 만남이지만 그 근원에는 자신의 행복을 위해 기꺼이 애쓰는 이기심이 숨어 있습니다. 인간관계의 본질에는 이러한 심리적 배경이 있습니다.

내가 다른 사람을 진정으로 사랑하고 행복하게 만들어주려는 이유의 근원에는 나도 사랑받고 행복해지려는 이기심이 있습니다. 이타적 사랑을 주고받았지만 결국 자신을 지극히 사랑하는 이기적 발로에서 행복한 인간관계가 맺어지고 튼실한 연대가 형성됩니다.

그런데 현실의 우리는 종종 이런 오류를 범합니다. 다른 사람의 내면에 자리 잡은 복잡한 생각을 내 생각으로 재단해버리기도 하고 그 결과 생각의 다름은 차별화되지 못하고 차별을 만들어냅니다.

한 사람의 삶은 그 사람이 말하는 내러티브로 다른 사람에게 전해집니다. 하지만 우리는 다른 사람의 내러티브에 담긴 사연과 사정을 헤아려보기도 전에 내가 가진 경험적 지식으로 판단해버리면서 결국 그 사람의 삶까지 무시하는 결과를 초래합니다. 합리적 논리에 길들여진 나머지 사람마다 몸에 아로새겨진 애틋한 사연을 따뜻한 가슴으로 어루만져주지 못하고 자신이 가진 지식으로 보란 듯이 눌러버립니다.

모든 사람은 오늘의 내가 되기까지 나를 만든 다양한 경험의 합작품입니다. 그 경험을 지금도 하고 있고, 앞으로도 해나갈 것입니다. 그러니 한 사람은 지금 여기 서 있는 그 사람이 아닙니다.

오늘의 나는 어제의 나와 다를 것이고, 오늘의 나는 다시 내일의 다른 나로 변신을 거듭할 것입니다. 그러니 한 가지 기준으로 한 사람을 판단하고 평가하는 것은 폭력이고 횡포일 수 있습니다.

한 사람은 누군가에게 한 세상이 될 수도 있을 만큼 영향력이 큽니다. 한 사람은 그 사람이 살아온 삶을 모두 품고 있기 때문입니다.

한 해를 정리하고, 또 한 학기를 정리하면서 방학이 시작될 무렵이었습니다. 책상 앞에 가만히 앉아 지난 한 해 동안 만나서 행복하고 속상했던 사람과 사건들을 떠올려보았습니다. 짧은 시간이었지만 나를 둘러싸고 일어났던 인간관계의 내면을 들여다보고 싶었습니다.

내가 만났던 사람과 그 사람과의 인간관계를 반성하고 성찰하다 자판을 당겨 조용히 두들긴 것이 이 책의 시작입니다. 《이런 사람 만나지 마세요》는 브런치에서 엄청난 조회수를 기록하며 사람들 사이로 퍼져나갔습니다. 그만큼 모두 사람에 대한 상처가 깊다는 방증이었습니다.

상처가 깊으면 향기도 깊어진다는 말처럼 성찰과 각성을 통해 또 성장할 것입니다. 왜냐하면 우리는 자신의 행복을 위한 주체이자 타인의 행복을 만들어가는 조건이기 때문입니다. 그렇게 될 때 나는 누군가에게 한 세상이며, 누군가는 나에게 한 세상이 될 수 있습니다.

이런 사람 만나서 저런 사람으로 변신하는 와중에

지식생태학자 유영만

1부

이런 사람
만나지
마세요

나는 곧 내가 만나는 사람입니다. 내가 만나는 사람이 나를 결정하기 때문입니다. 나를 바꾸려면 내가 만나는 사람을 바꿔야 합니다. 어떤 만남은 나를 성장시키고 큰 즐거움을 주지만 어떤 만남은 쓸쓸함과 깊은 좌절감을 안겨줍니다. 만나면 안 되는 '이런 사람'은 나도 '이런 사람'이 될 수 있다는 의미입니다. 이런 사람을 보고 비난하기 전에 나도 이런 사람이 아닌지 뒤돌아볼 때 나와 너는 '좋은 사이'가 됩니다.

이런 사람 만나지 마세요 ──

이타심(利他心)은 이기심(利己心)이다. 그러나 이기심은 이타심이 아니다.

황지우의 시집 《게 눈 속의 연꽃》◦에 실린 〈산경(山徑)〉이라는 시의 한 구절입니다. 호기심과 기대를 갖고 사람을 만나지만 그 관계가 이해타산으로 이어지면 사람을 대하는 자세와 태도도 달라집니다. 어긋난 관계는 사람을 지치게 합니다.

첫 만남의 출발이 어떠했는지요? '이타심'이었는지요? '이기

◦ 황지우, 《게 눈 속의 연꽃》(문학과지성사, 1991).

심'이었는지요? 내가 나를 위하는 행위는 우선은 이익인 것처럼 보이지만, 모래 위에 돌멩이를 던진 것처럼 그 파장이 미미합니다. 저 사람을 위하겠다고 생각하고 행한 일들이 돌고 돌아 호수 위의 물 동그라미처럼 번지고 번지는 일을 경험하기도 합니다.

"남을 행복하게 해주는 게 진정한 예술이다."

영화 〈위대한 쇼맨〉의 이런 주옥같은 대사도 있습니다. 이타적 베풀기는 결국 나의 행복을 담보하는 이기적인 행위입니다.

처음에 이타적 마음으로 시작했던 관계가 어느 지점에서 방향을 잃은 것일까요? 어느 정도 노력하고 상대를 안다고 착각하는 순간, 그동안 공들여 쌓았던 관계에 금이 가기 시작합니다.

관계가 공허해지는 것은 서로를 모르기 때문이 아니라 안다고 착각하기 때문이다. 대부분의 경우 상대방이 향하는 방향만 볼 뿐, 그가 어떤 지하수를 길어 올리는지 알려고 하지 않는다. 누군가를 안다는 것, 진실한 관계를 맺는다는 것은 자신의 편견을 깨고 그와 함께 계단 끝까지 내려가는 숙제를 하는 것이다.°

○ 류시화, 《좋은지 나쁜지 누가 아는가》(더숲, 2019), p.209.

류시화의 《좋은지 나쁜지 누가 아는가》에 나오는 말입니다. 깊이 생각한 숙고 끝에 상대를 이해하거나 판단하지 않고 우리는 단편적 현상이나 모습만 보고 결론을 내립니다. 그것도 자신에게 유리하거나 도움이 되는 방향으로 결론을 내립니다. 그리고 여지없이 그렇게 생각해버립니다. 상대가 왜 그렇게 행동할 수밖에 없었는지를 깊이 생각하지 않고 드러난 행동으로만 판단하는 순간 관계에 대한 오해의 싹이 트고 서로 상처를 주고받기 시작합니다.

또 친밀한 사이라고 하더라도 어느 순간부터 한 사람이 다른 사람의 안색을 살피고 눈치를 보기 시작하면 관계는 금이 가기 시작합니다. 겉으로 들리는 육성보다 들리지 않지만 몸으로 전해지는 울림과 파장을 고요 속에서 감내해낼 때 관계의 깊이와 수준을 알 수 있습니다.

관계 속에서 힘들고 지치는 또 다른 이유는 사람 사이에 사랑이 식어가면서 애정 어린 호기심과 상대에 대한 물음표가 실종되기 때문입니다.

《이런 사람 만나지 마세요》에는 만나면 반드시 피해를 주는 기피 대상 인물의 10가지 유형이 있습니다. '귀 막힌 사람', '필요할 때만 구하는 사람', '나뿐인 사람', '365일 과시형', '많은 문 중에서 말문 막는 사람', '과거로 향하는 꼰대', '감탄을 잃은 사람', '책(冊)을 읽지 않고 책(責)잡히는 사람', '단점만 지적하느라 장점을 볼 시간이 없는 사람', '대접 받고 은혜를 저버리는 사람'입니다.

그런데 자칫 방심하면 나도 한순간 '이런 사람'의 부류에 속할 수 있는 위기는 언제나 잠재하고 있습니다.

귀 막힌 사람

"귀하게 대접받으려면
귀를 기울여야 합니다."

그는 만나자마자 따발총을 쏘듯 그동안 있었던 일들을 일
방적으로 쏟아내기만 합니다. 밥을 먹는 중에도 이야기를 멈추
지 않습니다. 틈새를 노리다 내 이야기를 조금 하려고 해도 기
회를 주지 않고 본인의 주장을 늘어놓기 바쁩니다.

다른 사람이 말을 하는 중간중간에도 계속 끼어들고 잠시
침묵이 흐르는 순간도 놓치지 않습니다. 나오는 대로 말을 쏟아
냅니다. 시간이 지나면 도무지 그가 무슨 말을 했는지 모를 정
도입니다. 여러 명이 모여도 언제나 그는 혼자 이야기꽃을 피웁
니다. 아마도 개나리처럼 무리를 이루어 피는 꽃이나 집단으로
아름다움을 창조하는 군무(群舞)는 좋아하지 않는가 봅니다.

그는 모란꽃처럼 혼자 화려하게 피는 걸 좋아하고 혼자 춤을 추는 독무(獨舞)를 즐깁니다. 그를 만나고 집에 오는 날에는 귀가 먹먹합니다.

우리는 자신의 귀는 막고 남의 귀만 열어놓으라고 우기면서 일방적으로 떠들어대는 이런 사람들을 종종 만납니다. 말은 적게 하고 많이 들으라는 이야기도 있는데….

귀를 닫고 듣지 않는 사람은 상대가 무슨 이야기를 해도 이미 자기 안에 답을 갖고 있습니다. 타협하거나 재고의 여지를 두지 않습니다. 자기만 옳고 자기만 중요하기 때문에 심지어 이야기를 하고 있는 상대를 깔보거나 업신여기기까지 합니다. 대화가 이어질수록 소통의 문은 닫히고 불통만이 남습니다. 자리가 길어지면 울화통이 터질 수도 있습니다. 이럴 때는 빨리 이야기를 끝내고 자리를 뜨는 게 상책입니다.

귀(貴)하게 대접받으려면 귀(耳)를 기울여야 합니다. 경청할수록 겸손해지고 상대를 존중하게 됩니다. 나를 내려놓고 귀를 기울인다고 해서 내가 기울어지는 것은 아닙니다. 상대의 자존감을 세워줌으로써 나도 더불어 높아질 수 있습니다.

자세를 낮추고 귀를 기울일 때 비로소 진정한 소통이 이루어집니다. 진정한 대화는 나를 낮추고 상대를 높여주는 겸손에서 비롯된다는 사실을 잊어서는 안 됩니다.

　세상은 말 잘하는 입담의 달인보다 귀를 기울여 듣는 경청의 달인이 이끌어갑니다. '입'으로 한 가지를 말할 때 '귀'로는 두 가지를 듣기 바랍니다.

필요할 때만 구하는 사람

——

"필요할 때만 찾아오면

필요한 걸 얻을 수 없습니다."

그는 모든 인간관계를 거래로 봅니다. 아니, 사람 자체를 필요한 것을 얻기 위한 자원으로 바라봅니다. 그래서 그는 언제나 필요할 때만 나타납니다. 정작 내가 필요할 때 그는 시선을 회피하거나 필요한 자리에 없습니다.

지난여름에도 나는 이런 사람에게 장문의 메일을 한 통 받았습니다. 내 도움이 꼭 필요하다는 간절한 내용이었습니다. 나는 고심 끝에 아주 짧게 답장을 썼습니다.

"필요할 때만 연락하면 필요한 걸 얻을 수 없습니다."

그에게서 긴 사과문을 받았지만 마음이 썩 유쾌하지는 않았습니다. 그런 메일을 보내는 나라고 속 시원한 것만은 아니기 때문입니다.

그는 자신의 이익이 충족되면 언제든 떠나는 사람입니다. 자신의 목적 달성을 위해 필요한 순간에만 잠시 나타나는 사람입니다. 필요한 걸 얻어내면 그만입니다. 그에게는 인간관계도 늘 거래의 연속입니다.

가끔씩 느닷없이 카톡이나 문자메시지가 옵니다. 경조사는 기본이고 자신이 최근에 무슨 일을 하나 기획하고 있는데 거기에 대해 조언을 해달라는 부탁입니다. 부탁하는 사람은 나를 잘 알지만 직업상 나는 그를 언제 만났는지 기억조차 잘 나지 않습니다. 그런데 그는 나를 아주 잘 아는 사람처럼 다가옵니다. 그럴 때마다 나는 고민하지 않을 수 없습니다. 그렇게 다가왔다가 필요한 걸 얻어내면 이내 사라지기 때문입니다. 솔직히 자신이 필요할 때만 나타나는 그들의 태도에 인간적 피로감을 느낍니다.

사람은 도움을 주고받아야 살 수 있습니다. 혼자서 모든 것을 해결하면서 살 수 있는 사람은 없습니다. 모든 생명체는 그래서 의존적이며 관계 속에서 자신의 존재 이유를 결정하며 살아갑니다. 그런데 어떤 사람은 자신에게 도움이 필요할 때만 찾아옵니다. 그 필요가 충족되면 소식을 끊고 살다가 다시 뭔가가 필요해지면 뻔뻔하게 다시 찾아와 도움을 요청합니다.

인간관계는 끊임없이 애정과 관심을 갖고 보살펴야 하는 수동 시계와 같습니다. 애정과 관심이 식으면 관계에는 넘을 수 없는 경계가 생깁니다. 필요할 때만 찾아와 부탁하면 결코 필요한 걸 얻을 수 없습니다. 인간관계는 필요로 맺어지는 계약 관계가 절대 아니기 때문입니다. 필요로 맺어진 인간관계는 필요가 없어지면 관계도 끊길 수밖에 없습니다. 끊어진 인간관계를 필요한 게 생길 때 다시 이어나가려고 시도하지만 관계 회복은 생각보다 쉽지 않습니다.

필요가 없는 사람은 없습니다. 사람은 사람을 필요로 합니다. 의지하면서 의지를 불태우는 게 사람이기도 합니다. 모든 사람은 자신이 갖고 있지 못한 것을 다른 사람에게 얻어서 살아가야 합니다. 다만 얌체처럼 자신에게 필요한 것이 생길 때만 도움을 부탁하지 말자는 이야기입니다.

'나뿐인' 사람

——

"진짜 사람이 되려면
같이 살아가는 사람에게
인정을 받아야 합니다."

이들은 모든 걸 자기중심으로만 생각합니다. 내가 아는 사람 중에도 자신을 중심으로 세상이 펼쳐진다고 착각하는 친구가 있습니다. 얼마 전 그 친구를 만나면서 그 사실을 다시 한번 확인했습니다. 그는 같이 프로젝트를 추진하면서도 언제나 자기 입장만 고수합니다. 함께 일하는 친구들의 애로사항은 눈에 들어오지 않는가 봅니다. 자신이 왜 그런 걸 신경 써야 하는지 모르겠다는 입장입니다.

인간이 사람이 되려면 같이 살아가는 사람에게 인정을 받아야 합니다.

"인간아, 언제 사람 될래?"

이 말은 인간이 아직 사람이 되지는 않았으니 어서 정신 차려 사람이 되라는 말입니다. 인간관계는 인간을 사람으로 만들기도 하지만 자기 이익 챙기기에 혈안이 된 함량 미달의 인간을 생산해내기도 합니다. 얌체같이 자기 이익만 챙기는 사람은 남과 더불어 만들어가는 협업을 모르는 인간입니다. 그의 존재 이유와 살아가는 방식이 그렇습니다. 나만 생각하는 사람은 자신에게 이익이 되는 사람에게는 달려들고 자신에게 도움이 되지 않으면 가차 없이 관계를 끊어버립니다.

이외수 작가의 말에 따르면 나만 생각하는 사람, 즉 '나뿐인 놈'이 '나쁜 놈'이라고 합니다. 다른 사람의 아픔에 눈 감는 사람은 사람으로서의 기본적인 윤리나 의무를 망각한 사람입니다. 상대의 아픔을 내 아픔으로 생각하는 사람이 진짜 사랑하는 사람입니다. 나로 인해 상대가 아파할 수도 있다는 사실을 인지하는 사람이 되어야 합니다. 인간이 지닌 가장 소중한 미덕은 머리로 계산했을 때 나에게는 손해가 된다고 하더라도 다른 사람의 아픔을 외면하지 않고 나의 아픔처럼 생각하는 측은지심에 있습니다. 머리는 계산하지만 가슴은 사랑을 합니다.

얌체 같은 사람들은 자신에게 이익이 되는 일이면 물불 안 가리고 나서지만 조금이라도 자신에게 손해가 된다면 꿈쩍도

하지 않습니다. 이런 뻔뻔한 사람들을 만나면 무슨 말을 해야 할까요? 내가 얻은 이익도 결국 다른 사람 덕분이라고 생각할 수 있어야 합니다. 내가 돋보이는 이유는 말없이 나의 배경에서 도움을 준 수많은 사람 덕분입니다. 그들에게 감사함을 잊지 않을 때 인간관계는 비상하는 날개가 됩니다.

365일 과시형

"자기과시에 몰두하면
결국에는 무시를 당합니다."

자기 자랑만 일삼는 사람을 한 명 알고 있는데, 만날 때마다 그 친구의 과신과 자만이 언제 끝날지 늘 궁금합니다. 만나자마자 그는 지난주에 진행했던 프로젝트가 전적으로 자신의 해박한 지식과 경험 덕분에 기대 이상의 성과를 거두었다고 자랑을 늘어놓습니다. 하지만 과시가 길어지면 도리어 가벼워보이고 꼰대처럼 보일 수도 있습니다.

자기과시는 상대를 무시할 때 더욱 빛을 발합니다. 자기과시에 빠진 친구는 상대가 자신의 이야기를 무조건 들어줘야 한다는 잘못된 생각을 품고 있습니다. 반대로 상대가 자기 이야기에 귀를 기울여주지 않으면 자신을 무시한다고 생각합니다. 사실은 자기과시에 함몰된 나머지 상대를 본인이 무시하고 있음을 모르는 것입니다.

안하무인(眼下無人)의 그는 벌써 많은 친구를 잃었습니다. 그럼에도 왜 친구들이 자신을 떠나는지 알지 못합니다. 문제는 세상에 자기처럼 똑똑한 사람이 없다고 생각한다는 데 있습니다. 과시가 거듭될수록 그를 무시하는 사람도 비례해서 늘어납니다. 과시는 무시를 불러오고 멸시를 낳습니다. 솔직히 잘난 척을 하는 그 친구의 이야기를 듣다 보면 내 얼굴이 화끈거릴 때가 많은데 자기 자랑에 집중하느라 그는 그것을 알아채지 못합니다.

사람들과 대화를 나누다 보면 자기 생각이 언제나 옳다고 주장하는 사람이 있습니다. 물론 자신감을 기반으로 자기 주관을 이야기하는 사람을 부정적으로 생각하지는 않습니다. 문제는 내 생각도 틀릴 수 있다는 가능성을 열어놓지 않고 자신을 맹신하는 것입니다.

지금 내가 가진 생각은 내가 살아오면서 겪은 직간접적 체험이 역사적으로 축적되어 생긴 산물입니다. 생각은 그래서 역사성을 띱니다. 내 생각을 만들었던 그 당시의 상황이 지금과 다를 수 있기 때문에 지금의 내 생각은 지금 여기에 맞지 않을 수도 있습니다.

　더욱 심각한 문제는 자신이 갖고 있는 경험과 지식을 지나치게 높이 평가하면서 상대의 관점을 인정하지 않으려는 안하무인의 자세입니다. 생각은 다른 생각을 만나 충돌이 일어날 때 또 다른 생각을 잉태합니다. 자기과시에 빠지는 이유는 자신의 생각을 다른 사람의 생각에 비추어 성찰하지 않기 때문입니다.

　모든 사람의 생각은 편견의 산물이기도 합니다. 특정한 시점과 상황에서 누군가를 만나 일하면서 얻은 결과물입니다. 따라서 내 생각도 틀릴 수 있음을 인정할 때 고개를 숙일 수 있습니다. 자기과시에 매몰되어 다른 사람의 생각이나 의견을 존중해주지 않는 사람은 상대에게 심각한 감정적 손상을 입힐 수 있음을 기억하길 바랍니다.

많은 문 중에서 말문 막는 사람

———

"모든 생각은 일리가 있는
의견입니다."

자기 입만 말하는 입인 줄 착각하는 불쌍한 사람이 있습니다. 자기의 말은 누구나 따라야 할 진리이고, 다른 사람의 말은 들을 가치도 없다고 치부합니다. 말문이 자유롭게 열려야 새로운 관문을 열 수 있습니다. 말문을 막는다는 것은 상대의 이야기를 들어보기도 전에 틀렸다고 판단을 내리는 것입니다. 그만 말하고 내 말이나 잘 들으라는 강요가 숨어 있습니다.

내가 최근에 만난 '말문을 막는 사람'은 무척 권위적인 사람이었습니다. 그는 언제나 자신의 의견만 소중하게 생각하는 사람이고 상대를 누르는 사람입니다. 자신의 입만 입으로 생각하고 다른 사람의 입은 왜 존재하는지조차 모릅니다. 나를 만날 때도 고압적인 태도가 은연중에 나왔습니다. 다시는 그 사람과 만나고 싶지 않다는 생각이 들었습니다. 만나고 싶은 사람도 많은데 말문을 막는 사람을 만나 할 말을 잃고 살아가고 싶은 사람은 아무도 없을 것입니다.

끝까지 이야기를 들어보지도 않고 상대의 말을 중간에 뚝뚝 끊어버리는 사람, 자기 생각을 결론인 것처럼 이야기하는 사람은 정말 밥맛이 없습니다.

회사에서도 회의를 진행하는 팀장이 팀원들의 입을 막아버리는 경우가 종종 있습니다. 때로는 이야기를 다 들어주는 것처럼 있다가, 회의가 끝날 무렵 모두의 의견을 일절 무시하고 자기의 의견으로 결론을 내리는 경우도 있습니다. 지금까지 긴 시간 이야기한 것은 다 무시하고 자신의 의견으로 결론을 내리는 것입니다. 정말 어이가 없는 상황이 아닐 수 없습니다. 사람은 저마다의 생각을 갖고 각자 다른 환경에서 다르게 살아갑니다. 누군가의 이야기가 틀렸다고 생각하기 전에 내 생각과 어떤 점에서 다른지를 먼저 생각해볼 필요가 있습니다.

모든 생각은 일리(一理)가 있는 의견입니다. 문제는 자신의 생각만이 진리라고 생각하고 그런 일리 있는 생각을 말로 꺼내지도 못하게 사전 봉쇄하는 것입니다.

'적게' 말하면 '적'도 그만큼 없어집니다. 말은 타이밍도 중요합니다. 누군가가 자신의 주장을 열심히 이야기할 때는 끝까지 들어주어야 합니다. 말문을 막으면 그 사람이 추구하는 새로운 가치관, 가능성도 볼 수 없습니다. 내 생각만큼 상대의 생각도 소중하다는 것을 인정하길 바랍니다.

과거로 향하는 꼰대

"꼰대는 과거로 돌아가려고 하고
리더는 미래로 향합니다."

지금 여기서 살고 있지만 언제나 그의 거처는 과거입니다.
그때가 정말 좋았었는데 좋은 시절 다 갔다고 합니다. 그때는
정말 재미있었는데 지금은 힘든 일만 반복된다고 불평들을 합
니다. 그 옛날에 술 마시면서 주고받던 대화도 끊임없이 되풀이
됩니다. 10년, 20년이 훌쩍 지나고 세상도 많이 변했는데 생각
이나 경험은 아직 과거에 머물러 있습니다.

과거의 경험이라는 것도 지금 또는 자신이 꿈꾸는 미래에
비추어 각색되는 경우가 있습니다. 내가 원하는 방향으로 과거
가 언제나 다시 태어납니다. 하지만 지금 여기서 그것이 어떤 의
미가 있는지를 모르고 왜 시대착오적 발상인지를 깨닫지 못한

다는 게 문제입니다.

'옛날'만 들먹이는 사람들이 모인 곳에는 미래가 없습니다. 현재도 없습니다. 달콤한 향수와 아련한 추억에만 흠뻑 젖어 있을 뿐입니다. 그러다 보니 현실 인식과 미래 전망이 없습니다. 경험을 지속적으로 갱신하지 않고 과거의 경험에 매몰되어 있으면 위험한 꼰대가 될 수밖에 없습니다. 근거 없는 이상향에 기거하는 그들은 현실 세계에서 퇴치해야 할 첫 번째 타깃이 될 수밖에 없습니다.

어떤 모임에 가면 과거 이야기로 꽃을 피웁니다. 그것도 한두 번이 아니고 매번 만날 때마다 예전에 자신들이 생각하고 행동했던 추억에 빠집니다. 물론 행복한 순간을 떠올리며 잠시 향수에 젖는 즐거움을 무조건 비난할 생각은 없습니다. 문제는 지금 여기서 살아가는 이야기나 미래 이야기는 없고 온통 과거 이야기로 대화가 채워집니다. 꼰대들의 향연이 따로 없습니다.

과거의 성공 체험은 지금 여기서 미래를 준비하는 색다른 생각을 가로막는 장본인입니다. 수주대토(守株待兔)라는 사자성어가 있습니다. 노력은 하지 않고 요행만 기다리는 어리석음을 비유하는 말입니다. 토끼 한 마리가 전속력으로 달려오다 나무 그루터기에 머리를 부딪혀 죽는 것을 본 농부가 토끼를 공짜로 얻을 생각에 하던 일을 그만두고 나무 그루터기만 쳐다본 이야기에서 비롯된 사자성어입니다.

아널드 토인비(Arnold Toynbee)는 '수주대토'를 '휴브리스(Hubris)'라는 용어로 설명합니다. 과거 정치권력을 잡은 창조적인 소수 집단이 상황이 판이하게 바뀌었는데도 과거의 성공 체험을 반복하려다 도리어 사회를 후퇴시키는 것을 일컫는 말입니다. 과거의 추억은 상상력의 재료가 되기도 하지만 지나치게 매몰될 경우 현재와 미래까지 삼켜버립니다. 과거의 성공 체험에 매몰될수록 새로운 환경에 적응하려는 낯선 생각을 품지 않기 때문입니다.

감탄을 잃은 사람

—

"익숙한 세계를 벗어나

물음표를 던질 수 있어야 합니다."

감탄을 잃은 사람은 도전을 회피하고 지금 여기서의 삶에 안주하고 싶어 합니다. 최소한의 변화도 거부하면서 익숙함만을 추구하는 삶입니다. 지루한 삶을 살아가기 위해서 어떤 노력과 자세가 필요한지 연구하는 사람입니다.

이들은 어제와 다른 삶을 살기보다 어제가 반복되는 삶에서 편안함과 안락함을 느낍니다. 현실 안주만이 안락한 삶을 보장하는 최선의 방식이라고 생각합니다. 이들에게 도전은 불필요한 만용이며 삶을 망칠 수 있는 위험한 행동입니다. 지금 여기서의 삶도 살 만한데 굳이 왜 위험을 무릅쓰고 도전하는지 이해할 수 없다고 생각하는 것입니다.

내 주변에도 이렇게 익숙함만을 추구하는 사람들이 참 많습니다. 그들은 자신의 일을 사랑하지 않습니다. 어제 했던 방식을 다시 반복할 뿐입니다. 삶의 활력을 잃고 매너리즘에 빠진 사람들입니다. 자처해서 소위 다람쥐 쳇바퀴 같은 삶을 살면서 입으로는 지루하다고 하니 아이러니가 아닐 수 없습니다.

'익숙함'의 반대는 '낯섦'입니다. 낯선 일, 낯선 사람, 낯선 장소는 익숙함을 좋아하는 사람들이 생각하는 최대의 적이자 기피 대상입니다.

그러나 사람이 성숙하기 위해서는 익숙한 '여기'를 떠나 낯선 '저기'로 가야 합니다. 늘 만나던 사람만 반복해서 만난다면, 늘 하던 일만 해서는 성숙할 수가 없습니다. 성숙한 삶은 익숙한 것과의 결별에서 나온다는 사실을 알아야 합니다.

"시인은 자두를 봐도 감탄할 줄 아는 사람이다."○

앙드레 지드의 《지상의 양식》에 나오는 말입니다. 예술가는 평범함 속에서 비범함을 찾아내는 사람입니다. 시인 역시 당연

○ 앙드레 지드, 《지상의 양식》, 김화영 옮김(민음사, 2007), p.101.

함을 부정하고 시비를 거는 사람입니다. 일상을 반복해서 살아가는 우리들은 감탄보다 한탄하는 일이 많습니다. 익숙함의 덫에 걸려 다르게 생각하기를 포기한 사람들에게 배울 것은 없습니다. 타성에 젖으면 탄성을 잃어버리고 감탄할 일도 없습니다.

늘 하던 대로 반복하는 사람들에게 내일은 오지 말아야 할 미래입니다. 그들은 색다른 도전을 회피하고 현실에 안주하면서 지금 여기서의 삶에 만족합니다. 나름 살아가는 한 가지 방법이기는 합니다. 하지만 타성에 젖어 틀에 박힌 일상을 반복하는 사람들 곁으로 가고 싶지는 않습니다. 이들을 만나면 오히려 에너지를 빼앗길 수 있기 때문입니다.

책(冊)을 읽지 않고 책(責)잡히는 사람

"공부하지 않으면
남에게 쉽게 공격당합니다."

이들은 지금 갖고 있는 지식만으로도 얼마든지 사회 변화에 대처할 수 있다는 자신감을 갖고 있습니다.

공부는 일종의 지적 호흡입니다. 호흡을 멈추면 생명체가 죽음을 맞이하듯 지적 호흡을 멈추면 정신적 성장도 거기서 멈출 수밖에 없습니다. 공부하는 사람은 배움의 끈을 절대 놓지 않습니다. 그런데 '공부를 멈춘 사람'은 어떻습니까? 배움은 쓸모없는 것이라고 여깁니다. 책을 읽지 않고도 얼마든지 살아갈 수 있다고 항변합니다.

얼마 전 저에게 왜 그렇게 치열하게 뭔가를 배우는 데 시간을 낭비하는지 묻는 사람을 만났습니다. 그는 언제나 모든 것을 돈으로 해결할 수 있다고 믿었고, 굳이 내가 공부를 하지 않아도 공부를 많이 한 사람을 데려다 쓰면 된다는 엉뚱한 생각을 품고 있었습니다. 또 책이 아니라 우리가 살아가는 매일매일의 삶에 진리가 담겨 있다고 주장했습니다. 틀린 이야기는 아닙니다. 꼭 책을 통해서만 공부를 하란 법도 없습니다.

하지만 '공부를 멈춘 사람'이 위험한 이유는 나와 다른 사람의 생각에 접속해본 경험이 부족하다는 데 있습니다. 삶을 통해서 배운다고 하지만 그가 가진 오만함으로 인해 과연 제대로 된 공부가 될지 의문입니다.

물론 바쁘게 사느라 공부할 시간이 없다고 핑계 대는 사람도 있습니다. 그들은 책 말고도 자신이 원하는 정보를 보다 쉽고 편리하게 얻을 수 있는 방법이 많다고 주장합니다. 먹고사는 게 더 바쁘다고 말합니다. 그러나 그렇게 내달리기만 하다가는 결국 자신도 모르게 무리에서 내쳐질 수 있습니다.

끊임없이 공부하는 사람은 언제나 자신의 현재 위치를 점검합니다. 그들은 자만하지 않고 부단히 배우려고 노력합니다. 공부하는 사람이 언제나 겸손한 자세로 배우려고 하는 이유는 자신이 한없이 부끄럽다고 생각하기 때문입니다. 부끄러워할 줄 아는 사람일수록 공부의 끈을 놓지 않습니다.

물론 공부를 계속하지 않는 이유도 제각각입니다. 먹고사는 일이 바빠서 공부할 시간이 없다는 사람도 있습니다. 굳이 공부할 필요를 느끼지 못해서 공부를 하지 않는 사람도 있습니다. 무엇보다 공부하지 않는 이유는 부끄러워할 줄 모르기 때문입니다.

반면 공부하는 사람은 손에서 책을 놓지 않는 수불석권(手不釋卷)의 공부를 이어갑니다. 책이라는 거울에 비추어 나를 생각하면 아직도 갈 길이 한참 먼 사람으로 느껴집니다. 부끄럽기 때문에 지금보다 더 나은 삶을 살기 위해 끊임없이 공부하면서 노력합니다.

공부를 멈춘 사람은 성장을 멈춘 사람입니다. 반면에 공부를 계속하는 사람은 언제 봐도 표정이 즐거워 보이고 몸도 가벼워 보입니다. 배움으로 깨닫는 즐거움과 행복 덕분입니다.

공부를 멈추는 순간 사람은 늙기 시작합니다. 건강하고 젊게 사는 비결은 비교적 오랫동안 배우고 익히면서 즐거움을 맛보는 것입니다. 배움은 미지의 세계로 떠나는 설레는 여행입니다. 여행을 떠나기 전 마음이 설레는 것처럼 미지의 세계로 떠나는 배움도 시작하기 전부터 설렙니다.

익숙한 세상에서 낯선 세계를 발견할 수도 있고, 당연한 생각도 당연하지 않은 것이 우리가 살아가는 일상입니다. 뭔가 배우려고 하는 사람은 남다른 관심이 있습니다. 그리고 습관적으로 관찰하고 삶에 적용하려고 합니다. 지나가다 만난 특이한 간판조차 그에게는 관찰과 공부의 대상입니다. 인생의 주연은 설렘과 호기심을 가진 이런 사람들이 차지합니다.

단점만 지적하느라 장점을 볼 시간이 없는 사람

"단점만 지적하는 사람은
장점을 볼 시간이 없습니다."

이들의 인생은 그야말로 상대의 단점을 발견하기 위한 삶이라 해도 무방합니다. 내가 아는 사람 중에도 상대의 단점을 끄집어내서 질책하는 데 천재적인 사람이 있습니다. 그의 매서운 눈은 처음부터 상대의 단점을 보도록 설계되어 있습니다. 그와 만날 때마다 느끼는 점 가운데 하나는 세상을 바라보는 그의 눈이 너무 부정적이고 편향되어 있다는 것입니다. 심지어 그는 SNS에 댓글을 쓸 때도 시종일관 부정적입니다.

근거 없는 낭설을 퍼뜨리거나 상대의 주장을 일방적으로 비난하는 댓글을 쓰는 사람들의 마음은 건강하지 못합니다. 발전적으로 개선하도록 얼마든지 피드백을 해줄 수도 있는데 언제나 악플을 달아서 상대의 의도를 비틀어버립니다. 긍정보다 부정, 장점보다 단점을 보는 눈을 지속적으로 개발해온 탓에 그들은 모든 사람과 이야기할 때마다 꼬투리를 잡아 물고 늘어지는 데 천재입니다. 자신이 잡은 그 작은 꼬투리가 세상의 진리라고 믿는 것입니다.

뭔가 다른 사람은 먹구름 속의 태양을 보려고 노력합니다. 비록 먹구름이 태양을 가리고 있어도 그 뒤에 태양이 있다는 사실을 알고 긍정적으로 바라보려고 노력하는 사람 앞에 세상은 가능성과 기회의 선물을 가져다줍니다. 그러나 꼬투리만 잡는 사람은 항상 자기 앞에 펼쳐진 악조건과 불행을 탓합니다. 똑같은 상황에서도 누군가는 긍정적인 생각을 하면서 탈출할 기회를 모색하지만, 누군가는 어차피 되지 않는다고 생각하면서 안 될 수밖에 없는 온갖 핑계를 대기 시작합니다.

안 되는 방법을 찾아 자기 합리화를 추구하는 사람과 되는 방법을 찾아 할 수 있는 가능성의 문을 여는 사람은 천지 차이입니다. 매사를 부정적으로 생각하는 사람은 '~덕분에'라는 말보다 '~때문에'라는 말을 남발하면서 자신을 그렇게 만든 것은 모두 남 탓, 환경 탓이라고 생각합니다. 주변 사람들을 볼 때도 장점보다 단점을 주로 봅니다. 뒤에서 그 사람 때문에 내가 잘

못됐다고 탓하거나 험담하기도 합니다.

　모든 사람은 저마다 장점과 단점을 가지고 있습니다. 뒤에서 험담하고 비난하는 사람보다 칭찬해주는 사람을 만나야 인생이 풀립니다. 그런 사람이 곁에 있다면 우리는 자신에 대해, 그리고 타인에 대해 아낌없는 격려와 응원의 말을 건넬 수 있을 것입니다.

대접 받고 은혜를 저버리는 사람

———

"은혜를 저버리면

다른 사람에게도 버림받습니다."

이들은 자신이 '덕분에' 잘되었다고 생각하지 않습니다. 물심양면으로 자신을 도와준 이들의 은혜를 순식간에 잊어버리는 탁월한 재능을 가진 사람들입니다. 간절하고 절박하게 도움을 요청해서 도와주면 돌아오는 것은 배은망덕(背恩忘德)입니다. 언제나 변하지 않을 것이라고 호언장담하지만 이들은 먹고 살기 바쁜 탓인지 자신이 누구 덕분에 이렇게 잘된 것인지를 망각합니다. 이들의 주특기는 자신이 입은 은혜를 아무 생각 없이 갖다 버리는 데 있습니다.

나름 많은 시간을 투자해서 챙겨주었다고 생각했는데 어느 순간부터 연락이 끊긴 사람이 있습니다. 평소에 인사도 잘하고 예의도 바른 친구였습니다. 그래서 찾아와서 도움을 요청할 때면 언제나 도와주려고 노력했습니다. 자주 도움을 요청했지만 그와 알아가는 기쁨이 있었기에 내 나름 최선을 다했습니다.

하지만 오히려 내 도움이 그의 내면적인 성장과 발전에는 도움이 되지 않았나 봅니다. 그 일이 끝나자 더 이상 연락이 되지 않습니다. 물론 그에게 도와준 대가를 원하는 것이 아닙니다. 그저 사람과 사람이 만나 주고받는 정의 소중함을 알아주면 좋겠다는 바람이었습니다.

대접은 아무런 조건 없이 상대를 존경하는 마음으로 모시는 공손한 행동입니다. 대접 받은 사람은 자신이 받은 대접에 담긴 상대의 사랑과 존경과 정성을 잊어서는 안 됩니다. 물론 자신이 베풀어준 만큼 받은 것이라고 말하는 사람도 봤습니다. 하지만 사람 관계를 그렇게 이해타산으로만 생각한다면 참 씁쓸합니다. 대접해준 사람은 정성을 다해 뭐라도 주고 싶은 마음이었을 텐데, 그렇게 저울을 들이대면 그 관계는 거기서 끝나고 맙니다.

대접 받는 일은 기분 좋은 일입니다. 그만큼 대접 속에는 다른 의도나 목적이 없기 때문입니다. 하지만 대접을 뒤집어 접대가 되면 거기에는 불순한 의도가 숨어 있습니다. 접대는 사절이지만, 대접은 환영입니다. 대접이 오가는 인간적인 정이 사람과 사람을 끈끈한 인연으로 맺어줍니다. 그 대접을 시작한 사람을 잊어서는 안 됩니다. 은혜를 저버리면 나중에 다른 사람에게도 버림받습니다. 저버림이 반복되면 버림받는 일이 계속되어 주변에 한 사람도 남지 않을 것입니다.

나아가 한 사람에게 한 접대는 다른 사람에게도 전염된다는 사실을 기억했으면 좋겠습니다. 마찬가지로 한번 저버린 은혜는 연쇄적으로 사람이 사람을 버리는 결과를 초래합니다. 불신과 배신의 사회를 만드는 것입니다. 은혜를 잊어서는 안 되는 이유가 여기에 있습니다.

사소하지만 결코 **사소하지 않습니다** ──

사람 관계에서 느끼는 아픔과 슬픔은 다시 사람 관계를 통해 회복되고 치유되어야 합니다. 사람은 사람과의 관계 속에서만 성장하고 성숙합니다. 내 입장만 고수하기보다 내가 먼저 다른 사람의 입장에서 경청할 수 있어야 합니다. 내 생각도 틀릴 수 있기 때문입니다.

우리는 모두 인간적 약점이나 결점을 갖고 살아가는 불완전한 인간입니다. 불완전한 인간이 완전한 인간으로 변해가는 과정에 인간관계라는 다리가 있습니다. 그 다리를 힘겹게 건너면서 우리는 지금보다 성숙한 내일을 만날 수 있습니다.

이 책에 등장하는 가르침은 우회적이지만 우리가 사람을

만날 때 조심해야 하는 것이 무엇인지를 비추어보고, 반성하게 만들고, 마침내 깊은 성찰을 유도해내는 커다란 거울입니다.

사소하지만 결코 사소하지 않은 일들이 있습니다. 우리는 살면서 숱한 약속과 다짐들을 합니다. 거기에는 자신과 타인에 대한 신뢰가 담겨 있습니다. 하지만 사소한 일이라고 가볍게 치부하다 소중한 관계를 망가뜨릴 수도 있습니다.

누군가에게는 그 사소한 일들이 상대를 판단하는 중요한 기준이 되고, 누군가에게는 관계를 이어가는 중요한 장치가 됩니다.

살다 보면 자기의 현재 모습을 망각할 때가 많습니다. 사람들에 휘둘리고 바쁜 일상에 치이느라 자신을 잃어버리는 일도 많습니다. 때로는 나태함에 빠져 중요한 일과 사람에 소홀해질 수도 있습니다. 이런 때일수록 나를 향한 반성과 성찰의 시간을 마련해두어야 자기가 어디에 서 있는지 돌아보고 만남의 매무새를 바로잡을 수 있습니다.

밥은 매일 먹으면서 운동은 매일 하지 않는 사람

"운동을 시작하지 못하는 이유는
운동을 시작하지 않기 때문입니다."

운동하기로 결심은 하면서도 운동을 시작하지 않는 사람이 많습니다. 작심삼일도 못 갑니다. 내일부터 운동하려고 결심했는데 때마침 비가 옵니다. 주변 환경이 알아서 자기를 도와준다고 생각합니다. 비가 그치면 내일부터 운동을 하겠다고 다짐합니다. 다음 날 아침이 되어 운동을 시작하려는데 전날 회식하면서 마신 술이 덜 깬 것 같습니다. '숙취 중에 운동을 하면 오히려 몸에 안 좋을 거야. 술 깨고 내일부터 해야지.'라고 생각합니다. 그리고 다음 날이 되면 또다시 운동을 하지 않아도 될 또다른 핑곗거리를 찾습니다. 그래서 아예 내년부터 운동을 하기로 결심합니다.

한 해가 지나고 새해가 되면 정말로 운동을 시작하게 될까요? 새해 첫날 대단한 각오로 운동을 시작하려고 했지만 연초부터 눈이 펑펑 내렸습니다. 빙판길도 생기고 운동하다가 넘어지기라도 하면 안 한 것만도 못하다는 자기 합리화로 다시 운동을 미룹니다. 운동에 대한 결심은 이제 결심공판으로 넘어갔습니다. 이렇듯 운동을 시작하지 못하고 차일피일 미루는 이유는 운동을 시작하지 않기 때문입니다. 비가 오나 눈이 오나 모든 환경이 나에게는 좋은 핑곗거리입니다.

밥 먹듯이 운동을 해야 하는 이유는 하고 싶은 일을 열정적으로 하면서 행복한 삶을 살기 위해서입니다. 어떤 일을 해보고 싶지만 과감하게 도전하지 못하는 이유는 건강한 몸에서 나오는 힘과 열정이 없기 때문입니다. 건강한 몸은 그 사람의 능력이기도 하고, 그 사람을 판단하는 기준이 되기도 합니다. 또한 성공과 행복의 척도이기도 합니다.

어떤 분야의 경지에 오르거나 성공한 사람들의 공통점은 체력을 잘 관리해서 자기 관리의 기반을 마련한 사람들이라는 것입니다. 몸이 망가진 사람이 하는 말은 믿을 수 없습니다. 허약한 몸은 허약한 정신에서 나온 것이기 때문입니다. 자기 몸 관리에 실패한 사람은 다른 사람을 관리할 자격도 없습니다.

자기 극복이 선행되어야 나를 둘러싸고 있는 난관이 극복됩니다. 운동을 밥 먹듯이 해야 밥맛도 좋아지고 행동할 수 있는 힘도 생깁니다. 운동을 내일로 미루지 말아야 할 중요한 이유입니다. 실천하는 운동이야말로 행복의 원천이자 지름길입니다.

다짐을 많이 해서 무거운 짐이 된 사람

———

"작은 일이라도 진심을 담아
꾸준히 반복해야 합니다."

결심은 반복하지만 결단을 내리지 않는 사람, 계획은 세우지만 실천으로 옮기지 않는 사람, 선거 때마다 공약(公約)을 발표하지만 당선한 후에는 실천하지 않아서 공약(空約)을 만드는 사람에게는 믿음이 가지 않습니다. 헛된 다짐만 차곡차곡 쌓이면 결국 무거운 짐이 되어 어깨를 짓누를 뿐입니다.

밥을 매일 먹는 이유는 활동 에너지원이 필요하기 때문입니다. 매일 마음을 먹는 이유는 실천으로 가는 관문을 통과하기 위해서입니다. 하지만 마음만 먹고 결연한 각오로 실천에 임하지 않을 경우에는 패배 의식이나 자괴감으로 이어집니다. 마음 먹은 일을 밥 먹듯이 실천하지 않다 보면 자신감이 떨어지고 자신의 존재감에도 의심과 회의가 들면서 활기를 잃어버립니다.

세상을 바꾸는 사람들은 거창한 계획이나 전략을 하루아침에 실천하려고 하지 않습니다. 보잘것없다고 생각하는 작은 일이라도 진심을 담아 꾸준히 반복해야 합니다. 어리석은 노인이 산을 움직인다는 '우공이산(愚公移山)'이 바로 위대한 성취의 숨은 비결입니다. 이들은 크게 마음을 먹지 않습니다. 작은 일이라도 한번 마음을 먹으면 행동으로 실천합니다. 그것이 자신을 바꾸고 세상을 바꾸는 일이라고 믿기 때문입니다.

마음과 행동이 같이 움직이는 경우가 있습니다. 바로 사랑하는 마음과 사랑하는 행동입니다. 누군가를 깊이 사랑하고 있다면 마음먹은 대로 행동하지 않으면 마음이 불편하고 괴롭습니다. 내가 누군가를 사랑하면 그 사람을 기쁘게 해주기 위해서 온몸을 던져 행동합니다.

일도 마찬가지입니다. 내가 내 일을 사랑하면 그 일을 더 잘하기 위해서 안간힘을 쓰기 시작합니다. 크게 다짐하지 않아도 내 일을 사랑한다면 진심을 다하고 묵묵히 맡은 일을 완수합니다.

밥 먹듯이 약속을 지키지 않는 사람

———

"약속은 쌍방 간에 이루어지는 일이기에
그만큼 책임감이 뒤따릅니다."

점심 약속을 했습니다. 그런데 때가 다 되었는데도 연락이
없습니다. 궁금해서 전화를 해보아도 받지 않습니다. 나름 걱정
을 하면서 점심도 굶게 되었는데, 점심시간이 한참 지나서야 연
락이 왔습니다. 어제 과음을 해서 그제야 일어났다고. 그 말을
듣는 순간 갑자기 정나미가 뚝 떨어집니다. 그동안 가지고 있었
던 믿음의 끈이 뚝 끊어지는 기분입니다. 물론 누구에게나 일
어날 수 있는 일이고 그럴 수도 있는 일입니다. 하지만 상대는
미안하다는 말 한마디도 없습니다. 황당한 일이 아닐 수 없습
니다.

한번은 저녁 약속을 했는데, 하루 전에 연락이 왔습니다. 내

일 1시까지 가면 되냐고 묻습니다. 나는 저녁 약속을 한 것으로 알고 있는데, 상대는 점심 약속으로 알고 있었습니다. 이미 나는 점심 약속이 있는 상황이라서 난처했습니다. 분명히 저녁 약속이었는데, 어찌 된 일인가 싶어 문자메시지를 확인해봤습니다. 저녁 약속이었습니다. 상대가 점심 약속으로 착각한 듯했습니다. 이 또한 누구에게나 있을 법한 일입니다. 후자는 그래도 사과하면서 자신의 실수를 인정했으니 다행이라 할 수 있습니다.

약속은 일방적이지 않고 쌍방 간에 이루어지는 일이기에 그만큼 책임감이 뒤따릅니다. 그 약속을 지키기 위해 어떤 사람은 몇 날 며칠 이런저런 준비를 하고 기대합니다. 그런데 그 약속을 가벼이 여기고 지키지 않는 사람이 있습니다. 그럴 때면 이유 여하를 막론하고 그 사람의 면면을 새삼 다시 보게 됩니다. 그럼에도 한 가지 버리지 않는 기대는 '그럴 만한 이유가 있겠지.' 하는 것입니다.

약속을 남발하는 사람일수록 약속을 지킬 가능성이 희박합니다. 밥 먹듯이 약속을 하지만, 지키려는 마음은 조금도 없는 사람입니다. 심지어 왜 그런 약속을 했는지조차 기억하지 못하는 사람도 있습니다. 그런 사람은 믿을 수가 없습니다. 같이 일을 기획하기도 힘들뿐더러 친구로 두기도 어렵습니다.

신뢰는 사람과 사람을 끈끈하게 이어주는 강력한 접착제입니다. 그런데 한쪽이 그에 대해 의문을 품으면 관계에 서서히 금이 가기 시작합니다. 둘 이상의 사람이 같이 만들었지만 상대의 의도나 의지와 관계없이 일방적으로 무너질 수도 있는 게 신뢰입니다. 신뢰로 형성된 관계이지만 어느 시기부터 무례(無禮)가 반복되면서 사소한 일도 삐걱댑니다. 가까웠던 관계에는 어느새 거리가 생기고 무관심의 잡초가 자라기 시작하면서 관심 밖으로 아예 밀려나 버립니다. 그렇게 인간과 인간 사이에는 신뢰가 힘겹게 싹터서 자라기도 하고 무심하게 잡초가 자라기도 합니다.

부정적인 눈으로 모든 것을 삐뚤게 보는 사람

"내가 보는 것은 내가 믿는 것이며,
나의 신념이 보는 것입니다."

시선은 뭔가를 바라보는 관점이자 시각입니다. 시선은 눈이 결정하는 것이 아닙니다. 눈으로 보고 있지만 그것을 해석하는 기능은 생각과 감정에 있습니다. 똑같은 현상을 봤어도 다른 결과를 가져오는 이유는 본 것을 해석하는 관점과 시각이 다르기 때문입니다.

내가 보는 것은 내가 믿는 것이며, 내가 옳다고 믿는 신념이 보는 것입니다. 우리가 사는 세상은 나와 다르게 생각하는 사람들이 살아가는 악전고투의 전쟁터입니다. 그런데 간혹 나의 신념에 위배되는 것에 격렬히 반응하는 사람들이 있습니다. 이들은 부정적 메타포를 사용하여 매사를 삐뚤어지게 바라보는 탁월한 시선을 지니고 있습니다. 긍정의 언어도 많은데 모든 표현에 부정의 언어가 들어갑니다. 비난의 화살을 날려 상처를 주는 데 남다른 재능을 갖고 있습니다. 색다른 생각을 존중해주고 나름의 가치를 인정해주기보다 폄하하고 헐뜯기 바쁩니다.

비난의 화살을 날리는 사람들의 맹점은 이야기의 맥락을 읽어내지 않고 일부 주장만을 포착한 뒤 상대를 깎아내리는 데 모든 에너지를 집중한다는 것에 있습니다. 《고통은 나눌 수 있는가》°를 쓴 엄기호에 따르면 이들이 구사하는 언어는 '동행의 언어'보다 '동원의 언어'라고 합니다. '동행의 언어'는 저마다 지니고 있는 고통을 곁에서 위로하면서 함께 연대를 지향하는 언어입니다. 하지만 '동원의 언어'는 다른 사람들의 이목을 집중시키고 자신을 부각시키기 위해 사용하는 선정적이고 자극적인 언어입니다. '동원의 언어'로 상대를 고통 속으로 밀어넣고 통쾌함을 느끼는 사람이 많아질수록 '동행의 언어'는 사라지고 연대는 부실해질 수밖에 없습니다.

○ 엄기호, 《고통은 나눌 수 있는가》(나무연필, 2008).

인간미가 없는 매정한 사람

―――

"타인을 따뜻하게 품을 수 있는 사람은
자신도 잘 돌볼 줄 압니다."

인간미는 다른 사람을 배려하고 존중할 때 빛납니다. 반대로 인간미가 없는 사람은 타인을 존중할 줄도 모르고 배려하는 마음이 없는 사람입니다. 한마디로 밥맛이 없는 사람입니다. 이들은 머리는 똑똑하더라도 따뜻한 가슴이 없어서 상대를 배려하거나 역지사지로 생각하지 못합니다. 인간미가 없는 사람은 스스로 덜미가 잡히기도 합니다. 아무리 실력이 뛰어나도 인간적 배려와 겸손이 부족하면 결국 제 살이 깎이고 손해를 보게 되어 있습니다.

익숙한 현상도 다시 보면 다르게 보입니다. 늘 만났던 사람이지만 그 사람의 아픔을 보려면 다시 봐야 합니다. 다시 잘 보기 위해서는 마음으로 봐야 합니다. 머리로 생각하면서 보는 것과 마음으로 그리면서 바라보는 것은 천지 차이입니다. 머리로 생각하면서 보는 것은 계산이 관여하지만 마음으로 그리면서 바라보는 것에는 함께하고 싶은 공감과 긍휼이 작용합니다.

베푸는 것도 습관입니다. 비록 작은 것이라도 남과 나누지 않으면 마음이 불편한 사람이 있습니다. 나누는 삶을 살아오면서 생긴 습관 덕분에 그런 마음이 생깁니다. 하지만 반대로 베풂보다 폼 잡기를 즐기며 잘난 체하는 것도 습관의 산물입니다. 폼 잡는 사람은 따뜻한 마음으로 품기보다 다른 사람의 지식이나 전문성을 퍼다가 자기 것인 양 팔아먹는 경우가 많습니다. 품으면 품격이 높아지지만 폼만 잡으면 그만큼 품격이 떨어집니다.

타인을 따뜻하게 품을 수 있는 사람은 자신도 잘 돌볼 줄 알지만 타인을 돌보는 데도 그만큼 많은 시간과 노력을 들입니다.

나만을 지키려고 할 때 나는 나날이 약해진다. 타자를 지키려고 할 때 나날이 확실해진다.°

○ 김진영, 《아침의 피아노》(한겨레출판사, 2018), p.242.

철학자 김진영의 《아침의 피아노》에 있는 말입니다. 나의 존재감을 다른 사람과의 관계에서 찾을 때 나는 더 강해지고 나와 관계를 맺고 있는 사람들을 향한 진정한 돌봄이 시작됩니다.

감이 떨어져 분위기 파악을 못하는 사람

———

"감이 떨어지면 다른 사람을
몹시 피곤하게 만듭니다."

어떤 상황에서는 더 이상 관여하지 않고 빠져주어야 나머지 사람들이 더 깊은 대화를 자유롭게 할 수 있습니다. 그 자리에서 자꾸 훈수를 두고 충고와 조언을 하면 본인의 품격에 흠집을 낼 뿐입니다.

분위기 파악을 못하는 사람들은 또 있습니다. 엘리베이터에 있는 사람들이 내리기 전에 먼저 타려고 하거나 지하철에서 다리를 쫙 벌리고 앉는 사람들입니다. "성찰 능력을 상실해 수치심을 모르는 존재들의 전매특허"°입니다.

○ 김원영, 《실격당한 자들을 위한 변론》(사계절, 2018), p.59.

나이가 들면 내 입장만 생각하는 것이 문제입니다. 그러다 보면 상황을 종합적으로 이해하는 능력이 떨어집니다. 한마디로 감이 떨어지는 것입니다.

감이 떨어지면 덜떨어진 생각과 행동을 자행합니다. 문제는 그런 생각과 행동이 다른 사람을 불편하게 만들고 피해를 끼칠 수도 있음을 인식하지 못하는 데 있습니다.

맥락을 읽어내지 못하는 이유는 주변 사람들의 입장을 생각하지 않고 오로지 자기 생각에만 빠져서 전체적인 판세를 종합적으로 읽어내지 못하기 때문입니다. '자기 신념 보존 편향성(belief perseverance phenomenon)'이라는 말이 있습니다. 한 분야에 오랫동안 몸담고 전문가의 경지에 오른 사람일수록 자신이 옳다고 믿는 신념 체계를 바꾸지 않는다는 말입니다. 극단적으로 자기 신념에 상응하는 사실만을 편향적으로 편집해서 자기 주관을 더욱 강화시키는 '확증 편향(confirmation bias)'에 걸려들면 분위기 파악 능력은 현격하게 떨어집니다. 모든 것을 자기중심적으로 해석하고 판단하기 때문입니다.

우리가 책을 읽는 목적도 나와 다르게 생각하는 사람들의 세계에 접목하기 위해서입니다. 내 신념과 확신도 틀릴 수 있음을 인정할 때 다른 생각으로 들어가는 문이 열립니다.

부분 속에 전체가 있습니다 ──

어떤 인간관계는 만남이 지속될수록 흥미는 줄고 피곤은 늘어납니다. 이런저런 사연과 인연으로 시작된 인간관계지만 갈수록 상대의 정체성이 드러나고 이해할 수 없는 이상한 생각과 행동도 부지불식간에 드러납니다. 만남이 이어지면서 피곤함만 쌓이는 이런 인간관계는 가급적 빨리 정리하는 게 좋습니다. 더이상 만남을 지속하다가는 내 인생도 피곤해질 것 같은 불길한 예감이 든다면 결단을 해야 합니다. 그런 관계를 정리하지 않고 미적지근하게 이어가다가는 내가 정리될 수도 있습니다.

한 사람의 표현과 행동은 내면에 있는 생각이나 감정이 표출된 것입니다. 부분 속에 전체가 있습니다. 모래알에서 우주를 바라본 시인 윌리엄 블레이크처럼 한 사람이 표출하는 말과 행동에서도 그 사람의 전면을 보여주는 상징적 의미를 읽어냅니다.

자신도 모르게 하는 작은 행동이지만 그 행동을 움직이는 생각과 감정은 그 사람의 심리적 상태를 대변해주는 기호에 해당합니다. 그 기호를 잘 해석해보면 그 사람이 나에 대해 어떤 자세와 태도를 갖고 있는지도 짐작할 수 있습니다.

말과 행동은 본의 아니게 다른 방향으로 보여줄 수 있지만 말과 행동의 저변에 깔려 있는 감정은 속일 수 없습니다.

부끄러움을 모르는 몰염치한 사람

——

"부끄러워할 줄 아는 능력은
인간이 지닌 숭고한 미덕입니다."

염치(廉恥)가 있어야 밥 먹고 살 수 있습니다. 염치가 없다는 말은 부끄러움을 모른다는 말입니다. 살다 보면 염치라고는 쥐똥만큼도 없는 사람을 자주 만납니다. '염치 불고'라는 말이 있습니다. '염치'는 부끄러움을 아는 마음을 뜻하고, '불고(不顧)'는 돌아보지 아니함을 뜻합니다. 따라서 '염치 불고하다'는 '염치를 돌아보지 않는다'는 의미입니다.

염치를 차리지 않기 때문에 자기에게 맡겨진 일을 하지 않고 남에게 부탁하고 요구만 합니다. 의무는 제대로 수행하지 않고 자기의 권리만 주장하는 사원, 출석은 성실하게 하지 않고 성적은 좋게 달라는 학생, 입법 활동은 거의 하지 않고 월급만 축내는 국회의원, 힘들게 일하지 않고 밥값만 축내는 위원회 구성원이 모두 염치 불고하고 권익만 앞세우는 몰염치(沒廉恥)한 사람입니다.

몰래 나쁜 짓을 하고서도 부끄러워하지 않는 행동을 보고 염치없다고 합니다. 분명 쓰레기장이 아닌데도 남몰래 쓰레기를 무단 투척하는 사람들에게는 어떤 경고문도 통하지 않습니다. 애초에 염치가 없기 때문입니다.

부끄러워할 줄 아는 능력은 인간이 지니고 있는 숭고한 미덕입니다. 갈수록 염치없는 사람들이 판을 치는 이유는 자신의 생각이 얼마나 부끄러운 것인지를 깨달을 수 있는 기회가 실종되었기 때문입니다. 내 생각이 얼마나 어리석은지 알려면 다른 사람의 생각과 만나서 깨닫고 반성할 기회를 만들어야 합니다. 책을 통해서도 지혜를 얻을 수 있습니다. 하지만 내 생각의 부끄러움을 감지하고 반성할 수 있는 책을 가까이하지 않는 사회 풍토가 염치없는 인간을 양산하는 데 더욱 부채질합니다.

'나 하나쯤이야.' 하는 생각이 몰염치한 생각입니다. 쓰레기를 집 밖에 버리면 우리 집은 깨끗해지지만 함께 쓰는 공유 공간은 지저분해진다는 사실을 알 것입니다. 그런데도 뻔뻔하게 잘못을 저지르는 사람을 보면 사회 전반적으로 이제 몰염치를 넘어 파렴치(破廉恥) 수준으로 전락하지 않았나 생각됩니다. 자신의 잘못을 뉘우칠 줄 모르고 언제나 변명과 기만을 일삼는 사람은 몰염치한 사람입니다. 그리고 사람의 도리를 저버리고 비인간적인 작태를 일삼는 사람은 파렴치한 사람입니다.

거짓말을 밥 먹듯이 하는 비인격적인 사람

"입은 속일 수 있어도 눈빛과 표정은
자기 마음대로 되지 않습니다."

어렵게 시간을 내서 지방 강연을 간 적이 있습니다. 여러 가지 상황이나 조건상 시간 내기가 쉽지 않았지만 도움을 요청해 와 거절하기가 어려웠습니다. 무엇보다 한참 꿈을 키워 뭔가를 해보려는 사람들이 도약하는 데 큰 도움이 될 거라는 말에 강연을 승낙했습니다. 강연을 비롯해 행사가 성황리에 끝나고 기대 이상의 성과를 거두어 나름 뿌듯했습니다.

행사가 너무 늦게 끝나 그곳에서 하루를 묵었는데, 아침에 얼굴을 보자고 약속한 행사 담당자가 출발 시간이 다 되어가도록 보이지 않았습니다. 열차 시간은 다가오고, 연락은 되지 않고, 안절부절못하는 상황이었습니다. 혼자 기차역으로 가려던

참에 문제의 행사 담당자를 만났습니다. 무례함은 둘째치고 자신의 잘못을 변명하기 위해 거짓말을 연달아 하는 모습에서 인간적 실망감을 감출 길이 없었습니다. 의도했던 목적을 달성한 이후 보여주는 그의 태도는 행사 전과 너무나 달랐습니다.

한두 번의 거짓말을 어쩔 수 없이 하는 경우가 발생합니다. 위기에 몰린 사람이 곤란한 상황을 벗어나기 위해서 거짓말을 하기도 합니다. 하지만 거짓말도 하면 할수록 늘어납니다. 사실을 말해도 크게 손해 날 것이 없는데, 자연스럽게 상황을 모면하기 위한 거짓말이 떠오르고 입은 무의식적으로 그것을 내뱉습니다. 어느새 거짓말을 일삼는 거짓말쟁이가 됩니다.

더욱 심각한 문제는 본인이 거짓말쟁이가 되었다는 사실을 의식하지 못한다는 사실입니다. 거짓말을 너무 자연스럽게 하면 이제 하나의 습관이 됩니다. 무의식적으로 거짓말이 반복됩니다. 그러나 입은 속일 수 있어도 눈빛과 표정은 자기 마음대로 되지 않습니다. 불안한 기색이 역력한 표정과 떨리는 눈빛이 거짓말을 하는 자신을 드러내준다는 사실을 알아야 합니다. 거짓말은 또 다른 거짓말을 낳습니다.

그 후에도 여러 번 그에게서 연락이 왔습니다. 자신의 진정성을 알아달라고 합니다. 하지만 한번 실망으로 물든 인간관계의 얼룩은 쉽게 지워지지 않습니다. 위기를 모면하기 위한 거짓말을 반복하는 모습을 보고 인격적으로 더 가까워지기는 힘들 것이라 판단되었습니다. 그로서는 안타깝지만 나로서는 인간관계의 끈을 놓을 수밖에 없는 경우입니다.

무임승차해서 성과를 독차지하려는 사람

"무임승차해서 책임지지 않는 사람이 많아질수록
공동체는 무너집니다."

시일이 촉박한 과제를 같이 하기로 한 사람이 있습니다. 주
어진 기간 내에 과제를 성공적으로 해내기 위해서는 정확하게
업무 분장을 해서 각자 성실하게 수행하지 않으면 안 되는 일이
었습니다. 하지만 시간은 촉박한데 그 친구가 이런저런 핑계를
대며 나타나지 않았습니다. 전화해서 힘들게 만나도 만날 때뿐
입니다. 돌아가면 언제 합의를 했냐는 듯이 기본적인 논의 사
항에 대해서도 동의하지 않았습니다.

정말 바쁜 시간을 쪼개서 어렵게 함께 하기로 했던 과제를
거의 혼자 다 해냈습니다. 이게 뭐 하는 짓인가 싶은 자괴감이
끊임없이 치솟았지만 분초를 다투는 일이라 그런 마음은 뒤로

하고 과제 마무리에만 집중했습니다.

마침내 결과물을 공유하고 제출하는 시기가 다가왔습니다. 함께 과제를 하기로 했던 그 사람이 평소와는 달리 일찍 회의에 나타났습니다. 그간 함께 과제하느라 고생이 많았다며 공치사(功致辭)가 장난이 아니었습니다. 마치 자신이 거의 모든 것을 한 것처럼 다른 사람 앞에서 스스로를 치켜세웠습니다. 중간중간에 힘든 일도 많았지만 끝까지 자신을 믿고 밀어준 덕분이라며 일장 연설을 하기도 했습니다. 그의 공치사를 보면서 뻔뻔함에 놀라움을 금치 못했습니다.

우리 주변에는 이렇게 무임승차를 하려는 사람들이 참 많습니다. 내가 가르치는 학생들 가운데서도 이런 경향의 사람들과 팀 프로젝트를 하면서 괴로움을 호소하는 친구들이 종종 있습니다. 어떤 친구는 팀 과제를 할 때는 얼굴도 잘 비추지 않고 도망 다니기 바쁩니다. 남들이 힘들게 과제를 하는데, 본인은 관전하는 자세만 보여줄 뿐입니다. 문제 상황으로 뛰어들어 자신에게 맡겨진 일을 할 생각은 없습니다. 하지만 어느 정도 결과가 나올 때쯤에는 귀신같이 나타나 그동안의 성과를 독차지하려고 꼼수를 부립니다.

이런 사람과는 가까이하고 싶지 않습니다. 백번 양보해서 무임승차는 인정해줄 수 있지만 무임승차해서 누리는 권리는 인정해주고 싶지 않습니다. 함께 고생한 덕분에 마땅히 누려야 할 권리이기 때문입니다. 공동체의 미덕이 몇 사람의 치사한 행태로 무너지지 않았으면 좋겠습니다. 무임승차해서 책임지지 않는 사람이 많아질수록 공동체는 무너집니다.

잘못을 덮어씌우는 야비한 사람

"잘못을 인정할 때 오히려
인간다움이 빛날 수 있습니다."

나이 차이가 조금 나는 사람들과 함께하는 모임이 있습니다. 함께 아이디어를 내고 삶을 변화시켜보자는 작은 모임입니다. 그 모임에서 언제나 대화의 주도권을 쥐고 회의를 진행하는 나이가 좀 많은 사람이 있습니다. 오랫동안 그를 관찰해보니, 자신이 모임의 주최자이자 최고 권력자라고 착각하는 듯했습니다. 어떤 사안에 대해 다수의 의견이 모아지고 의사 결정이 이루어진 경우에도 자신과 의견이 다르면 떨떠름한 표정을 짓습니다.

일이 잘못되었을 경우에는 남 탓을 하기 바쁩니다. 의사 결정을 할 때 별다른 반론이 없었으면서 일이 잘못되면 단톡방에서 가장 나이 어린 친구에게 일방적으로 잘못을 뒤집어씌우고 막말까지 일삼습니다. 자신이 하자고 제안한 일뿐만 아니라 다 같이 전문성을 기반으로 해야 할 일을 정해도 언제나 모임에 빈 손으로 나타납니다. 그러면서도 언제나 자신은 잘못한 게 없다고 항변합니다.

단톡방에서 주고받는 메시지를 보면 늘 문젯거리를 만드는 주인공은 그 사람입니다. 전형적인 꼰대의 모습을 띠고 다른 사람의 이야기는 잘 듣지 않습니다. 그리고 자신이 분명히 시작한 일인데도 문제가 생기면 다른 사람에게 야비하게 잘못을 뒤집어씌우기 바쁩니다.

이렇게 근거 없는 자만심으로 무장된 사람들이 우리 주변에는 늘 있습니다. 모든 잘못은 다른 사람에게서 비롯된다는 생각이 확고부동합니다. 자신으로 인해 합의가 안 되고 겉돌다가 시간만 낭비하고 끝나는 경우가 많은데도 말입니다.

사람은 누구나 자신도 모르게 잘못할 수 있습니다. 무의식적이든 의식적이든 잘못은 언제나 일상에서 일어납니다. 사람이기 때문입니다. 판단 착오나 섣부른 행동으로 일이 잘못되더라도 빠른 시간 내에 본인의 잘못을 인정할 때 오히려 인간다움이 더욱 빛날 수 있습니다. 그런데 누가 봐도 분명히 잘못을 저지른 사람이 잘못을 인정하지 않습니다. 오히려 자신은 잘못한 게 없는데 왜 야단이냐고 반문합니다. 적반하장(賊反荷杖)은 이런 사람을 두고 하는 말입니다. 솔직히 잘못을 인정하고 용서를 빌면 더 인간적인 모습으로 기억될 수 있는데, 발뺌을 하고 도망가려는 자세만 취하는 건 참으로 어리석은 일입니다.

할 일을 남에게 떠넘기는 저속한 사람

"누군가 할 것이라고 믿고 아무도 시작하지 않을 때
공동체의 위기는 시작됩니다."

함께 하기로 약속한 일을 누군가 하지 않으면 그 사람에게
만 피해가 가는 것은 아닙니다. 한 사람이 팀이나 공동체에서
추진하기로 약속한 일을 하지 않으면 함께 일하는 팀원은 물론
일정 차질로 인해 후속적인 파급 효과가 생깁니다. 어쩔 수 없
는 일로 인해 한두 번 못 할 수도 있습니다. 하지만 그 일을 하지
않고 남에게 떠넘기는 일이 거의 습관처럼 된 사람들이 문제입
니다.

할 일을 하지 않고 떠넘기는 경우는 내가 하지 않아도 된다
는 생각과 더불어 내가 굳이 할 필요가 없다고 생각할 때 더 많
이 발생합니다. '공유지의 비극(The Tragedy of the Commons)'이

라는 말이 있습니다. 미국 UCSB 생물학과 교수인 개럿 하딘 (Garrett Hardin)이 자원 관리의 필요성에 대한 문제를 제기하며 언급한 개념입니다.

'공유지의 비극'이란 지하자원, 공공 놀이터, 공공기관의 공중화장실, 공기, 바다에 있는 고기와 같이 공동체가 함께 사용해야 할 자원을 사적 이익을 주장하는 시장의 기능에 맡겨두면 남용하여 고갈될 위험이 있다는 이론입니다.

고기가 풍부한 어장은 한 개인의 소유가 아닙니다. 아무나 마구잡이로 고기를 잡기 시작하면 어장의 고기는 멸종됩니다. 지하자원도 누구나 채굴하게 두면 얼마 안 가 고갈되고 맙니다. 이렇게 '나 한 사람쯤 괜찮겠지.'라고 생각하며 규칙을 지키지 않거나 할 일을 미룬다면 거기에서 공동체의 위기가 시작됩니다.

가령 렌트카를 깨끗하게 쓰지 않고 반납하는 사람들이 있습니다. 내 차가 아니고 잠시 빌리는 차라서 함부로 타는 것입니다. 내가 먼저 나서서 뭔가를 할 필요가 없다고 생각할 때, 그리고 그런 사람이 점차 많아질 때 공동체는 파멸의 길로 접어듭니다. 지금 당장 내가 하지 않아도 누군가 할 것이라고 믿고 아무도 시작하지 않을 때 공동체의 위기는 시작됩니다.

규율을 무시하는 몰지각한 사람

———

"한 개인의 문제가 아니라

그런 개인을 양산한 우리 사회의 구조가

더욱 심각한 문제입니다."

언젠가 저녁 약속이 있어서 차를 몰고 집 앞에서 신호 대기를 하다가 파란불이 켜져서 좌회전을 하려는데 옆에서 직진 차가 슬금슬금 내 쪽으로 다가왔습니다. 차를 잠시 멈추고 오지 말라고 신호를 보내도 막무가내로 다가왔습니다. 그래서 창문을 열고 신호등이 안 보이냐고 했더니 그 사람이 정말 입에 담을 수 없는 욕설을 퍼부었습니다. 바로 내려서 멱살을 잡고 싶을 만큼 혈압이 올랐지만 약속 시간이 임박해 그냥 지나쳤습니다. 하지만 기분이 썩 좋지 않았습니다.

자신의 잘못인 줄 알 텐데 왜 그런 몰지각한 행동을 하는지 이해할 수 없었습니다. 나에게 퍼부은 욕설이 자신을 향해 부

메랑처럼 돌아간다는 사실을 모르는 게 분명했습니다. 나이도 먹을 만큼 먹은 사람이 자신의 잘못을 돌아보지 않고 그런 욕설을 아무 데서나 발설하는 걸 보면 그의 평소 모습도 매한가지일 거라 여겨졌습니다.

한 사람의 몰지각한 언행은 그 사람만의 문제라기보다 그런 사람이 나올 수밖에 없는 환경 때문입니다. 개인적으로 기분이 몹시 상한 것은 둘째치고 한 개인의 문제가 아니라 그런 개인을 양산한 우리 사회의 구조가 더욱 심각한 문제라는 사실에 우울해졌습니다.

기본을 지키지 않는 사람을 보면 기분이 몹시 상합니다. 본인이 퍼부은 욕설이 얼마나 상대에게 상처를 주는지 그가 알지 못한다는 사실이 더욱 안타까웠습니다. 나에게 욕설을 퍼붓고 다 같이 지켜야 하는 법규를 지키지 않은 그 사람은 오히려 자신이 잘했다고 생각할 것입니다. 그런 사람을 양산한 사회에서 동시대를 같이 살아간다는 사실이 부끄럽게 느껴졌습니다.

변칙으로 공동체 질서를 파괴하는 사람

"원칙이 흔들리면 사람 사이에

불신이 생깁니다."

원칙은 흔들리지 않는 중심입니다. 리더를 따르는 팀원들의 정신적 기반에는 공통적으로 원칙을 굳건하게 지키려는 리더십이 자리 잡고 있습니다. 리더가 원칙을 지키지 않고 상황에 따라 가변적으로 적용하면 팀원들은 더 이상 리더를 신뢰하지 않습니다.

원칙이 흔들리면 사람 사이에 불신이 생깁니다. 어떤 사람은 조건이 충족되지 않았음에도 인정해주고 어떤 사람은 조건을 충족했음에도 인정해주지 않습니다. 원칙이 흔들리고 반칙 사례가 나타나면서 변칙이 판을 치기 시작합니다. 이런 경우는 원칙을 지키는 사람에게 큰 실망감을 안겨줄 뿐만 아니라 그의 가치관까지 흔들 수 있습니다. 또한 원칙을 지키지 않는 사람은 이러한 반칙과 변칙을 악용합니다. 그래도 되는 것이라 생각하고 사회 전체를 오염시킵니다.

변칙으로 자신을 보호하는 사람의 주특기는 변명입니다. 어떤 불리한 상황에서도 변명을 끌어와 대는 능력이 천재 수준입니다. 오랜 경험을 통해 검증된 변명의 레퍼토리가 그만큼 풍부하게 체화된 것입니다. 변칙과 변명으로 살아가는 사람은 공동체를 파괴시키는 주범입니다. 이들에게 원칙은 지키지 말고 어겨야 할 반칙에 불과합니다.

학기 초에 학생들에게 분명히 이야기하는 몇 가지 원칙이 있습니다. 첫째, 아무런 이유 없이 결석하면 시험 성적에 관계없이 재수강 조치한다는 것입니다. 둘째, 모든 시험 성적은 사후에 공개하고 왜 그렇게 성적이 나왔는지를 정확하게 피드백한다는 것입니다. 그래서 내 사전에 시험 성적 정정이란 없습니다.

이렇게 말해두어도 꼭 기말에 찾아와서 그동안의 피치 못할 사정을 이야기하면서 읍소하는 학생들이 있습니다. 아무리 읍소하고 사정해도 원칙을 바꾸지 않습니다. 원칙을 바꿔서 그 학생만 예외적인 사항으로 부탁을 들어주면 변명하는 학생이 또 나타나기 때문입니다. 어쩔 수 없는 상황과 사연이 왜 없을까 싶지만, 그럼에도 불구하고 천재지변을 빼고 그 어떤 상황도 예외적인 사건으로 인정하지 않습니다.

흔들리지 않는 원칙이 변칙을 용납하지 않고 변명이 통하지 않게 만드는 비결입니다. 원칙이 흔들리지 않아야 사람과 사람 사이의 관계가 깨지지 않습니다.

새치기를 밥 먹듯이 하는 뻔뻔한 사람

———

"책임질 만큼 위험한 상황을
만들지 않는 것이 책임지는 것보다 낫습니다."

긴 차량 행렬이 끝이 보이지 않게 이어지고 있습니다. 방향을 바꾸고 좌회전 또는 우회전을 기다리는 차량도 있습니다. 고속도로에서 일반도로로, 일반도로에서 고속도로로 갈아타기 위해 기다리는 차량 때문에 병목현상이 일어나 정체가 더 심해진 것도 이유입니다. 뒤쪽의 차들은 앞으로 가기만을 기다리며 답답한 심정을 누르고 있는데, 그 수많은 사람의 눈초리를 무시하는 뻔뻔한 사람들이 꼭 있습니다. 누가 봐도 끼어들 틈이 없는데 무리하게 끼어들 태세입니다. 그들을 보며 과연 운전할 때만 저럴까 싶은 생각이 들기도 합니다.

특히 생각지도 못한 상황에서 갑자기 막무가내로 끼어들어 위험천만한 상황을 만드는 차를 만나면 식은땀이 나기도 합니다. 자칫 교통사고가 날 법한 아찔한 상황이었는데도 끼어든 차는 깜빡이 한번 켜지 않고 지나갑니다.

긴 좌회전 라인을 아랑곳하지 않고 직진 라인을 타고 달려오다 신호등 바로 앞에서 기다리는 차량 행렬의 맨 앞으로 차를 들이미는 얌체 운전사도 있습니다. 그중에는 비상등을 깜빡이며 용서를 구하는 사람도 있습니다. 급하기는 매한가지라서 느긋한 마음이 생기지 않습니다. 뒤에서 기다리는 사람들은 화를 억지로 참아낼 수밖에 없습니다.

공항에서 탑승 수속을 하기 위해 서 있는 긴 줄도 자주 만납니다. 같은 시간에 한꺼번에 사람이 몰리면서 일어날 수 있는 흔한 현상입니다. 이때 몹시 급하다는 표정을 지으며 한 사람이 다가옵니다. 비행기 탑승 시간이 얼마 남지 않아서 어쩔 수 없이 앞으로 좀 가야겠다고 합니다. 나를 비롯해서 많은 사람들이 사정을 들어주었습니다. 덕분에 그 사람은 탑승 시간에 맞출 수 있었습니다.

그런데 이런 의문이 불쑥 생겼습니다. 왜 내가 길게 서 있는 줄에만 그런 사람이 나타나 사정을 봐달라고 하는 것일까? 그 사람의 뒷모습을 바라보며 석연찮은 감정이 드는 것은 왜일까?

우리 주변에는 습관적으로 위기 상황을 모면하기 위해 자기 이익을 앞세우는 사람이 종종 있습니다. 이런 사람이 내 주변에 너무 많을 때는 경계를 해야 합니다. 그로 인해 내 삶이 암울해지기 때문입니다.

《곤란한 성숙》°에서 우치다 타츠루는 어떤 일이든 한번 발생하면 원상복구가 불가능하다고 합니다. 그에 따르면, 어떤 피해를 입으면 다시 원상태로 되돌릴 수 없기 때문에 그 잘못에 대해 "내가 책임질게!"라고 하는 말은 사실상 '영원히 책임질 수 없다'는 말이라고 합니다.

어떤 일이 벌어지고 나서는 돌이킬 수도, 책임질 수도 없습니다. 누군가의 잘못된 언행으로 마음에 심각한 상처를 받았거나 심각한 범죄로 신체에 손상을 입었을 때, 잘못을 한 사람이 책임진다고 해서 상처받거나 손상을 입기 전의 상태로 되돌릴 수 없습니다. 우치다 타츠루는 책임지는 일은 불가능하기 때문에 책임지는 상태에서 벗어나거나 책임을 요구하는 딜레마를 극복하는 유일한 방법은, 책임질 것을 요구받는 입장이 되지 않는 것이라고 말합니다.

○ 우치다 타츠루, 《곤란한 성숙》, 김경원 옮김(바다출판사, 2017).

그러나 인간관계에서 발생하는 다양한 문제 상황을 만들지 않는 방법은 없습니다. 새치기 차량을 만나거나 내가 한 일이 아닌데 책임져야 하는 상황들도 종종 있습니다. 책임질 상황이 발생해도 책임질 수 없는 상황에서 인간이 할 수 있는 최선의 대안은 "내가 책임지겠습니다."라고 선언하는 사람을 주변에 많이 두는 것뿐입니다. 이런 사람이 많을수록 누군가 대신 책임져야 할 불행한 일이 생겨날 확률이 줄어들기 때문입니다. 그리고 무엇보다 일단 사태가 벌어지면 책임질 수 없기 때문에 그럴 일이 일어나지 않도록 언제나 깨어 있는 삶을 살 수밖에 없습니다.

2부

이런 사람
피하세요

좋은 사람을 만나기 위해서는 내가 먼저 좋은 사람이 되어야 합니다. 너를 만나는 나를 먼저 돌이켜보지 않으면 타인에 대한 강요가 시작됩니다. 강요는 나를 바꾸지 않은 채 상대만 바꾸라고 요구하는 폭력입니다. 강요만으로 누군가를 만나려는 나를 반성하고 성찰해야 합니다. 문제의 원인을 상대보다 나에게서 먼저 찾아보려는 노력을 기울일 때 진정한 성찰이 이루어집니다. 진정으로 반성하고 관계를 성찰할 때 새로운 만남의 지평이 열립니다. 그러나 내가 자초하는 내 삶의 위기를 방치하면 다른 사람과의 관계도 위기가 됩니다. 삶의 위기가 오기 전에 각성하고 이전과 다른 사람이 되려는 노력이 필요합니다.

이런 사람 만나면 **위기가 찾아옵니다** ──

장인은 질문이 많은 사람입니다. 이 일을 어제보다 잘하는 방법은 무엇일까? 이런 방법 말고 다른 방법은 없을까? 이 일은 원래부터 이랬을까? 이렇게 된 이유는 무엇일까? 이렇게 하는 것이 최선의 방법일까? 이렇게 자기 일에 대한 만족도가 끝이 없는 사람이 바로 장인입니다. 장인의 관심은 남보다 잘하는 데 있지 않고 어제의 나와 비교하고 더 나아지는 방법을 찾는 데 있습니다. 장인은 자기 일을 사랑하기 때문에 질문이 많은 사람입니다.

이에 비해 매너리즘에 빠진 직장인은 자기 일을 사랑하지 않기 때문에 질문거리가 없는 사람입니다. 어제 했던 방식을 늘 반복합니다. 다람쥐 쳇바퀴 도는 방식대로 살아갈 뿐입니다. 어제보다 나아지려는 마음도 없기 때문에 물음표를 던지지 않습니다.

장인은 아침에 출근할 때부터 한걸음이라도 빨리 가서 이제까지 했던 방식과 다르게 시도해보려는 의지를 보여줍니다. 그래서 출근하기 전부터 심장이 떨립니다. 이에 반해 직장인은 출근길이 고통스럽습니다. 물음표가 아니라 마침표가 줄을 이어갑니다.

장인은 '되는 방법'을 찾고 도전을 하지만 직장인은 해보기도 전에 '안 되는 이유'를 찾고 현실에 '안주'해서 틀에 박힌 방식을 반복합니다. 무엇보다 장인은 언제나 어제와 다르게 했던 '내 이야기'를 하지만 직장인은 '남의 이야기'를 하는 데 대부분의 시간을 보냅니다. 또한 장인은 '물음표'를 품고 언제나 배우는 자세를 유지하지만 직장인은 '마침표'를 찍고 더 이상 배울게 없다고 생각합니다. 나는 장인인지 직장인인지 되돌아보며 위기를 어떻게 건너야 하는지도 생각해보길 바랍니다.

되는 방법보다 안 되는 이유를 찾는 사람

———

"안 해도 되는 이유는 머리가 만들어내지만
되는 방법은 몸이 만들어냅니다."

오랫동안 생각만 계속하는 사람은 검토만 거듭하다 결국은 실천에 옮기지 못하는 경우가 많습니다. 뭔가를 이룬 사람들의 공통점은 가슴으로 느낌이 왔을 때 들이대고 저지른 사람입니다.

가슴으로 다가온 느낌은 지금 당장 하라고 하지만 가슴에서 머리로 올라간 생각은 여러 가지 측면에서 위험하다고 판단합니다. 가슴으로 다가온 느낌은 찰나에 일어나지만 머리로 하는 생각은 오랫동안 반복해서 검토하는 가운데 또 다른 생각을 잉태합니다. 가슴은 정직하지만 머리는 정직하지 않습니다. 가슴은 계산하지 않지만 머리는 이해타산을 따집니다.

가슴으로 느낀 점을 머리로 계산하면 생각이 꼬리를 물면서 점차 실천에 옮기기 어려워집니다. 실천에 옮기지 못하는 여러 가지 이유가 있겠지만 그중에서 가장 큰 장애물은 안 되는 이유나 안 해도 되는 핑계를 찾기 때문입니다. 머리가 아플 지경에 이르렀어도 생각만을 거듭하다 보면 내가 지금 당장 실천을 하지 않아도 되는 수많은 이유가 떠오릅니다.

예를 들면 사하라 사막에 마라톤을 뛰러 가는 사람은 어떻게 해서든 가는 방법을 찾습니다. 그러나 가고 싶지 않은 사람은 사막은 위험하고, 경비가 많이 들고, 체력이 안 된다는 핑계를 대면서 안 가도 되는 이유들을 찾아냅니다.

그러나 '뭔가 다른 사람'은 앉아서 안 해도 되는 이유를 오랫동안 생각하기보다 이런저런 시도를 해보면서 되는 방법을 찾습니다. 안 해도 되는 이유는 머리가 만들어내지만 되는 방법은 몸이 만들어냅니다. 성공하는 사람은 머리로 판단해서 결정하기보다 몸을 움직여 체험적으로 결정합니다.

물론 어떤 일을 성공적으로 수행하기 위해서는 완벽한 준비가 필요합니다. 문제는 너무 완벽하게 준비하고 일어날 모든 경우의 수를 다 계산해서 따지다가 실행하지 못하는 경우가 발생한다는 점입니다. 무조건 들이대고 저질러도 문제가 많지만 너무 세밀하게 분석하고 신중하게 계획을 수립하려는 것도 문제가 됩니다.

내 삶의 위기는 도리어 무슨 일을 할 것인지, 왜 그 일을 해야만 하는지, 그 일을 해서 나에게 어떤 도움이 되는지, 그 일을 하다가 위험에 빠지지는 않을지 고민하다가 발생하는 경우가 많습니다. 온몸을 던져 과감하게 실행해야 할 때는 몸을 던져야 합니다.

삶의 위기는 위기 상황이 지금 나를 둘러싸고 있음에도 행동하지 않을 때 발생합니다. 집에 불이 났으면 우선 불부터 꺼야 합니다. 불을 끄기 전에 불이 왜 났는지, 이 불을 끄기 위해서는 어떻게 하는 것이 가장 효율적인 조치인지 계속 검토하다가 결국 집도 태우고 본인도 위기에 빠집니다.

한국인의 세계적인 경쟁력은 '검토 능력'이라는 우스갯소리도 있습니다. 검토에 검토를 거듭하다 내리는 결론은 "더 열심히 검토해보자." 또는 "적극 검토해보자."입니다. 행동하지 않고 말로만 하거나 생각만 하다가 결정적인 찬스를 잡지 못하는 어리석은 사람이 되어서는 안 됩니다.

완벽한 계획을 수립하려고 하거나 가장 합리적인 방법을 찾아 헤매다가 기회를 놓칩니다. 완벽한 계획을 세우고 준비를 거듭하다 결국 시작조차 하지 못합니다. 방법은 실행하기 전에 준비하는 게 아니라 실행하는 가운데 부각되는 대책입니다. 실천이 곧 방법입니다. 실패보다 무서운 것은 '실기(失期)', 즉 시기를 놓치는 것입니다. 실패하면 다시 하면 되지만 시기를 놓치면 다시 할 기회조차 잃어버립니다.

도전을 하기보다 현실에 안주하는 사람

—

"인간의 한계는 몸으로
도전해봐야 알 수 있습니다."

미국의 철학자 리처드 로티(Richard Rorty)는 《우연성·아이러니·연대성》°이라는 책에서 '마지막 어휘(Final Vocabulary)'라는 말을 남겼습니다. 마지막 어휘는 자신의 행동과 신념, 그리고 삶을 정당화하는 데 필요한 단어입니다. 개인 혹은 집단이 딜레마에 빠지거나 결연한 결단을 내릴 때 의사 결정이나 판단을 내리는 데 최후까지 의지하는 신념을 말합니다. 마지막 어휘는 보통 의식 아래 있다가 삶이 흔들릴 때 표면 위로 솟아오릅니다. 죽음과도 맞바꿀 수 있는 결연한 어휘입니다.

○ 리처드 로티, 《우연성·아이러니·연대성》, 김동식 옮김(민음사, 1996).

예를 들어 간디에게 마지막 어휘는 '비폭력'이고 부처에게는 '자비', 공자에게는 '인(仁)'입니다. 스티브 잡스에게는 '혁신'이고, 리처드 브랜슨에게는 '상상'입니다. 플라톤에게는 '이데아', 사르트르에게는 '실존', 스피노자에게는 '코나투스(Conatus; 노력)', 니체에게는 '아모르파티(Amor Fati)', 라캉에게는 '욕망', 비트겐슈타인에게는 '언어'가 마지막 어휘입니다.

저마다 가슴속에 간직하고 있는 한 가지 단어, 죽음과도 맞바꿀 수 있을 만큼 내 삶을 이끌어가는 견인차 같은 단어가 있을 것입니다. 그 마지막 어휘가 지금 여기서의 삶에 머무르지 않고 보다 소중하고 숭고한 삶, 자기를 넘어 타자와 공동체로 연결되는 삶을 꿈꾸게 만듭니다.

미지의 세계로 향하는 호기심의 발로이자 나를 살아 있게 만드는 삶의 원동력이며, 능력을 확장하고 심화시키는 내 삶의 어휘는 바로 '도전'입니다. 오늘도 여기서 멈추지 않고 미지의 세계로 떠나려는 호기심이 꿈틀거리고 가보지 않은 세계를 모험하면서 쌓은 체험이 내 삶의 가장 소중한 보험입니다.

인간의 한계는 몸으로 도전해봐야 알 수 있습니다. 나를 편안하게 만들어주는 삶에 안주하기보다 한계에 도전하는 삶으로 나의 마지막 어휘를 증명할 수 있기를 바랍니다.

내 이야기보다 남의 이야기를 하는 사람

———

"남의 이야기를 수집하는 데 투자하기보다
자신의 이야기에 몰입해야 합니다."

내 삶의 위기가 시작되는 시점은 여러 가지로 판단할 수 있습니다. 그중 한 가지 지표는 내 이야기보다 남의 이야기가 내 삶에 점차 많아지는 시점입니다. 하루를 돌이켜볼 때 나만의 이야기를 만들어내는 시간보다 남의 생각에 기대어 남의 이야기를 하면서 보내는 시간이 많아지면 내 삶을 한 번쯤 돌이켜볼 때입니다.

내 이야기를 만든다는 것은 내가 소중하다고 생각하는 삶, 현실에 안주하지 않고 도전하면서 자기만의 삶을 살아간다는 의미입니다. 끊임없이 도전을 하는 사람은 누구도 쉽게 경험할 수 없는 자기만의 체험적 스토리를 갖고 있습니다.

스토리는 도전을 해야 나옵니다. 어제와 다른 삶을 살아가면서 겪은 파란만장한 한 사람의 이야기가 축적되면 역사가 되고, 역사가 축적되면 길(way)이 생깁니다.

스토리가 풍부한 사람은 그만큼 역동적인 삶을 살아간다는 이야기입니다. 지나온 과거의 추억도 풍부합니다. 과거가 풍부하면 미래를 상상할 수 있는 힘도 강력해집니다. 매 순간 느끼는 삶의 밀도에 관심을 갖고 그 순간에 자신이 느끼는 감각적인 행복감을 중시하면서 살아가게 됩니다.

경험을 축적하는 사람은 삶의 속도보다 밀도를 소중하게 생각합니다. 속도가 앞만 보고 달리게 하는 자극제라면, 밀도는 매 순간을 의미심장하게 느끼면서 살아가게 하는 완충제입니다. 남의 이야기에 관심이 많은 사람은 자신의 욕망에 따라 살아가지 않고 타인의 욕망을 욕망하면서 살아갑니다. 남의 이야기를 수집하는 데 시간과 노력을 투자하기보다 자신의 일에 열정적으로 몰입해야 합니다. 자신만의 체험적 스토리를 만들어가는 사람은 남의 이야기에 현혹되지 않습니다.

물음표를 품기보다 마침표를 찍는 사람

——

"틀에 박힌 일상이 반복될 때

삶의 위기는 가속화됩니다."

메리 올리버(Mary Oliver)의 《휘파람 부는 사람》°에 보면 우주가 우리에게 준 두 가지 선물은 '사랑하는 힘'과 '질문하는 능력'이라고 합니다. 그런데 곰곰이 생각해보면 사랑하는 힘과 질문하는 능력은 같은 능력입니다. 내가 누군가 또는 어떤 일을 사랑할 때는 질문이 많아집니다. 예를 들면 잠은 잘 잤는지, 아침은 먹고 출근했는지, 비가 오는데 우산은 갖고 출근했는지, 사랑하는 사람에 대한 온갖 궁금증을 가지고 질문을 합니다. 그러다가 어느 순간부터 질문이 없어졌습니다. 애정이 식었기

○ 메리 올리버, 《휘파람 부는 사람》, 민승남 옮김(마음산책, 2015), p.11.

때문에 궁금한 것도 없어집니다.

　내 삶의 위기는 호기심의 물음표보다 순간적인 만족을 추구하기 시작하면서 발생합니다. 낯선 타인이나 환경과 만나는 시간보다 익숙하고 당연한 세계에 몸을 담그고 안주하고자 합니다. 궁금한 것을 탐구하려고 하기보다 마침표를 찍고 더 이상 파헤치려고 하지 않습니다.

　마침표로 꽉 찬 일상이 반복될 때 삶의 위기는 가속화됩니다. 위기를 만나는 사람은 마침표를 찍는 사람입니다. 삶에서 물음표를 제거하면 세상은 기다렸다는 듯이 마침표로 된 철문으로 모든 가능성을 닫아버립니다. 질문이 없어지면 이전과 다른 세계로 나가는 문도 닫히기 시작합니다. 이전과 다른 세계로 진출하고 싶다면 색다른 마주침이 필요합니다. 이전과 다른 질문을 던져 이제껏 가보지 않은 새로운 문을 통과해야 이전과 다른 세계가 눈앞에 펼쳐집니다.

반성보다 문책을 즐기는 사람

———

"반성 없는 안이한 생각이

　결국 위기를 불러옵니다."

　삶이 꼬이기 시작하면 문제의 원인을 안에서 찾기보다 밖에서 찾는 경우가 많습니다. 자신은 열심히 한다고 생각하는데 다른 사람이 도와주지 않아서 매사가 안 풀린다고 생각합니다. 예를 들면 자신이 기획한 일이 기대보다 성과가 나지 않을 경우에 문제의 원인을 밖에서 찾습니다. 경기가 좋지 않아서 사업이 망했고, 직원들이 열심히 하지 않아서 목표를 달성하지 못했다고 생각합니다. 문제가 발생했을 때 원인이 나에게서 비롯되었다고 생각하기보다 다른 변수 때문이라고 생각합니다.

　잘못을 안에서 찾으며 반성하기보다 다른 사람 때문에 발생했다고 여기고 문책하거나 질책하는 데 시간을 더 많이 투자

합니다. 이런 사람들은 문제의 원인이 밖에 있다고 믿기 때문에 어제의 나보다 잘하려고 노력하기보다 남들보다 잘하려고 노력합니다. 남과 비교하다 보니 나다움으로 빛나는 아름다움이 사라집니다. 열심히 노력하지만 나만의 색깔은 점차 사라지고 남과 비슷해지기 시작합니다. 안정성을 최우선시하던 볼보(Volvo)가 아우디(Audi)처럼 디자인을 신경 쓰다가 볼보도 아니고 아우디도 아닌, 정체성을 상실한 자동차를 생산합니다.

이런 사람들은 내가 아직 성공하지 못한 이유를 나의 경쟁 상대보다 잘하지 못해서라고 생각합니다. 경쟁 상대가 나를 앞지른 것도 그들이 운이 좋아서라고 생각합니다. 반성 없는 안이한 생각이 결국 위기를 불러온다는 것을 자각하지 못합니다. 문제가 발생할 때마다 반성하지 않고 환경이나 남 탓만을 한다면 결국 위기를 만날 수밖에 없습니다.

경험보다 욕망을 자극하는 물건을 사는 사람

"내 몸에 남는 것은 가슴으로 느낀
경이로운 체험입니다."

물건은 살수록 더 사고 싶지만 사는 순간만 만족합니다. 시간이 지나면 또 다른 물건을 사고 싶습니다. 이에 반해 경험을 사면 시간이 흘러도 오랫동안 감동이 유지됩니다. 결국 인생의 말년에 남는 것은 내가 어떤 물건을 사들였는가에 있지 않고 내 몸에 강렬한 추억으로 아로새겨진 다양한 경험을 어떻게 사서 즐겼느냐 하는 것입니다.

우리가 발품 팔아서 사들여야 하는 것은 백화점에 전시된 명품이나 상품이 아니라 아직도 가보지 못한 낯선 곳으로의 여행입니다. 여행은 지금 떠날 수 있을 때 떠나야 떠날 수 있습니다. 머리로 생각을 거듭하면 할수록 떠나지 못하는 이유로 자신을 합리화시킬 뿐입니다.

　나이 들어서는 돈과 시간이 필요하고 건강한 몸도 필요합니다. 지금 나에게 필요한 것을 단 한 가지만 이야기하라고 하면 '연골'이라고 말합니다. 연골이 멀쩡하지 않으면 일상도 멀쩡하지 않습니다. 연골이 없으면 그때부터 삶은 골골해지기 시작합니다. 연골이 아직 멀쩡할 때 여행을 떠나거나 해보고 싶은 일을 하고 더 많이 체험하고 느껴보길 바랍니다. 결국 내 몸에 남는 것은 가슴으로 느낀 경이로운 체험뿐입니다.

　긁지 않으면 긁힙니다. 이것은 내 삶의 철학 중 하나입니다. 카드의 용도는 긁는 데 있습니다. 다만 무슨 목적으로 긁느냐에 따라 내 삶에 남겨지는 흔적이 판이하게 달라집니다. 카드는 물건을 사기 위해 긁기보다 나에게 감동을 선사해줄 체험을 사기 위해 긁는 것입니다. 물건을 사면 순간적으로 만족하지만 경험을 사면 삶의 위기를 기회로 바꿀 수 있습니다. 나에게 감동을 준 순간순간의 경험들이 나의 심장을 떨리게 하고 삶의 자양분이 되기 때문입니다.

전보다 잘하기보다 남보다 잘하려고 하는 사람

————

"남보다 아무리 잘해도 전보다 못하면
　진정한 성취감을 맛볼 수 없습니다."

　가장 중요한 경쟁은 남과의 경쟁이 아니라 자신과의 경쟁입니다. 적은 밖에 있지 않고 안에 있다는 말이 있듯이, 밖의 적보다 안의 적을 물리치는 것이 진정한 의미의 경쟁입니다. 경쟁을 통한 성취도 '남보다'라는 바깥 기준이 아니라 '전보다'라는 안의 기준에 비추어본 평가가 소중합니다. 남보다 아무리 잘해도 전보다 못하면 진정한 성취감을 맛볼 수 없습니다.

　전보다 잘하려는 분투노력이 전보다 나은 나로 발전시키는 동력입니다. 삶의 위기는 전보다 잘하기보다 남보다 잘하려고 노력하는 순간 찾아옵니다. 남보다 잘하려고 노력하는 사람에게는 경쟁이 곧 '상쟁(相爭)'입니다. 다른 사람을 밟고 일어서야만 내가 이길 수 있기 때문입니다. 반대로 전보다 잘하려고 노력하는 사람에게 경쟁은 곧 '상생(相生)'입니다. 자신을 포함하여 모든 사람이 경쟁의 파트너이자 모두가 승리하는 게임을 하기 때문입니다.

남보다 잘하려는 사람은 남의 눈치를 보지만 전보다 잘하려는 사람은 오로지 자신의 내면이라는 거울에 비추어 반성하고 성찰합니다. 남보다 잘하려는 사람은 남보다 나은 위치에 서면 '자만(自慢)'하지만, 전보다 잘하려는 사람은 전보다 나은 위치에 서면 '자성(自省)'합니다.

전보다 나아지려는 노력을 게을리하지 않는 사람은 이전과는 다른 모습으로 변모하기 위한 노력을 멈추지 않습니다. 그러나 남보다 나아지려는 사람이 남보다 나아지면 그것은 곧 경쟁의 종식을 의미합니다. 경쟁을 멈추는 것은 더 이상 실력을 연마하지 않는 것입니다. 여기서 경쟁은 바깥에 있는 사람과의 경쟁이 아니라 자신과의 경쟁입니다. 나는 오늘 누군가를 넘어서기 위한 경쟁에 몰두하고 있는가, 아니면 자신의 한계를 넘어서기 위한 경쟁에 몰입하고 있는가 돌아볼 수 있어야 합니다.

사소한 일상보다 거창한 미래를 꿈꾸는 사람

———

"오늘 재미있게 지낸 사람이
내일도 재미있는 하루를 맞이할 수 있습니다."

폴란드 시인 비스와바 심보르스카의 〈두 번은 없다〉라는
시가 있습니다.

두 번은 없다. 지금도 그렇고/앞으로도 그럴 것이다. 그러므로
우리는/아무런 연습 없이 태어나서/아무런 훈련 없이 죽는다.
······
반복되는 하루는 단 한 번도 없다./두 번의 똑같은 밤도 없고,/
두 번의 한결같은 입맞춤도 없고,/두 번의 동일한 눈빛도 없다.

하지만 우리는 지금 이 순간이 또다시 반복될 것이라는 가

정하에 내일을 위해 오늘을 견디며 살아가는 경우가 많습니다.

삶의 마지막 순간에 바다와 하늘과 별 또는 사랑하는 사람들을 마지막으로 한 번만 더 볼 수 있게 해달라고 기도하지 마십시오. 지금 그들을 보러 가십시오.

엘리자베스 퀴블러 로스와 데이비드 케슬러가 쓴 《인생수업》°이라는 책에 나오는 말입니다. 가장 불행한 삶을 살아가는 사람들은 가정법 인생을 사는 사람입니다. "내가 만약 여윳돈이 생기면 해외여행을 떠날 거야." 하지만 실제로 여윳돈이 생겨도 다른 물건을 사느라 바빠서 여행은 뒤로 미룹니다. 그리고 또다시 가정법으로 된 미래를 꿈꿉니다. 그렇게 꿈만 꾸다가 인생은 마지막을 향해 달립니다.

삶의 위기는 오늘 내가 하는 일을 대수롭지 않게 생각하는 가운데 다가옵니다. 물론 장기적인 비전이나 꿈이 필요 없다는 것을 말하려는 게 아닙니다. 비전과 꿈도 '지금 여기서' 출발합니다. 오늘 내가 하는 일에 재미와 행복을 느끼지 않고 내일을

○ 엘리자베스 퀴블러 로스·데이비드 케슬러, 《인생수업》, 류시화 옮김(이레, 2006), p.261.

위해 대강 처리해버리려는 생각이 내 삶을 위기에 빠뜨리는 주범입니다.

위대한 상상력도 현실에 근거하지 않고서는 잉태될 수 없습니다. 내가 발을 딛고 서 있는 구체적인 현실에서 몸으로 느껴지는 아픔을 사랑할 때, 그 아픔을 치유하기 위한 위대한 상상력이 발아되기 시작합니다. 그런데 의외로 많은 사람들이 현실에서 하고 있는 일의 소중함을 잊고 먼 미래만을 꿈꿉니다. 오늘 재미있게 지낸 사람이 내일도 재미있는 하루를 맞이합니다. 오늘 행복한 사람이 내일도 행복합니다.

고생 끝에 달콤한 미래가 온다는 고진감래(苦盡甘來)는 더 이상 우리가 추구할 가치가 아닙니다. 고생 끝에는 신경통이나 관절염과 같은 질병만 생길 뿐입니다. 사소한 일상에서 위대한 비상을 꿈꾸는 사람만이 근거 없는 망상과 몽상에서 벗어나 미래를 바꾸는 상상력의 텃밭을 가꿉니다.

생각을 뒤집지 않으면 **관계도 뒤틀립니다** ——

지금 내가 갖고 있는 생각도 온전히 내 생각이 아닙니다. 나도 모르는 사이 내 생각 속으로 다른 사람의 생각이 들어와서 주인 행세를 하고 있는지도 모릅니다.

나는 남들의 생각에 반응해서 생각한다. 내 머릿속에 들어온 오만 가지 생각 중에서 몇 가지만 수태되어 새로운 생각으로 탄생한다. 생각은 본래 짝을 찾아 줄기차게 맞선을 보고 추파를 던지고 사랑을 나누기 때문에 부모가 누군지 정확히 모른다. 나는 남들의 생각이 그저 내 기억 속에 조용히 자리 하나만 내달라고 요청하는 것이 아니라 내 머릿속의 스위치를 눌러서

특정 주제에 관한 내 신념을 비추고 상반된 관점을 나란히 배치해서 명료하게 밝히고 이제껏 상상한 적도 없는 낯선 방식으로 생각을 바꾸도록 자극하는 순간을 사랑한다.°

시어도어 젤딘의 《인생의 발견》에 나오는 말입니다. 내 머릿속의 생각이 누구의 자손인지 모른다는 말, 그런 생각의 자손이 탄생하기 위해서는 또 다른 생각과 계속해서 맞선을 봐야 한다는 말이 의미심장합니다.

사람은 어느 순간부터 자신의 생각으로 주어진 문제를 해결하려고 발버둥을 칩니다. 내 생각으로는 분명히 한계가 있음에도 불구하고 다른 사람의 생각을 참조하지 않고 내 생각으로 버티려고 합니다. 그 생각이 타성에 젖은 통념이거나 고정관념일 수도 있음을 인정하지 않습니다.

'자신의 사고방식'으로 생각하기를 멈추고 '타인의 사고방식'에 상상으로 동조할 수 있는 능력, 이를 '논리성'이라 부른다.°°

○ 시어도어 젤딘, 《인생의 발견》, 문희경 옮김(어크로스, 2016), p.55.
○○ 우치다 타츠루, 《말하기 힘든 것에 대해 말하기》, 이지수 옮김(서커스, 2019), p.113.

우치다 타츠루는 《말하기 힘든 것에 대해 말하기》에서 내 생각으로 주어진 문제를 해결할 수 없다는 판단이 들 때 다른 사람의 생각을 빌려와서 주어진 난국을 돌파하는 능력을 '논리성'이라 정의합니다. 우리가 알던 논리성과는 다른, 참신한 관점입니다.

대인 관계도 마찬가지입니다. 내 생각으로 상대가 생각하는 관점을 일방적으로 재단하려고 할 때 소통보다 불통이 일어납니다. 내 생각도 틀릴 수 있다는 열린 마음으로 상대의 다른 생각을 받아줄 때 통념에서 벗어나게 되고 소통의 문이 열립니다.

통념은 일반인들이 일반적으로 생각하는 틀에 박힌 관념입니다. 이 관념은 어느새 개인은 물론 개인이 몸담고 있는 공동체의 생각을 지배하기 시작합니다. 통념이 굳어지면 고정관념이 생깁니다. 고정관념은 타성을 먹고 자랍니다. 웬만한 노력으로는 개선되지도 않고 대수술이 필요할 정도로 틀에 박힌 생각의 정도와 수준이 심각해집니다.

사람의 생각은 다른 생각과 마주치지 않으면 기존 생각을 그대로 유지하려고 하는 성질이 있습니다. 비슷한 생각을 갖고 있는 사람끼리 오랫동안 만나면 편하기는 하지만 성장할 수는 없습니다. 인생의 위기는 바로 여기서 시작됩니다. 타성에 젖은 생활이 가져오는 위기에서 벗어나기 위해서는 갈등도 필요하고 용기도 필요합니다. 나와 다른 생각을 지닌 사람과 만나면 그 사람의 생각과 기존의 내 생각이 충돌합니다. 생각은 낯선 부딪침 속에서 새로운 생각으로 재탄생됩니다. 내가 믿는 통념에 통렬한 시비를 거는 사람을 만나야 새로운 신념이 생깁니다.

생각과 쓰기의 관계: 생각만 하면 써지지 않습니다

———

"생각을 정리해서 쓰기보다

 일단 쓰기 시작하면 새로운 생각도 떠오릅니다."

우리는 생각을 정리해야 글을 제대로 쓸 수 있다고 생각합니다. 즉, 뭔가를 표현하거나 쓸 때 깊은 생각을 거듭하면서 재료를 다듬고 정리해야 언어나 글로 표현이 가능하다고 생각합니다. 하지만 놀랍게도 일단 한 줄을 쓰면 두 번째 줄이 생각나고 그다음에는 글에 담긴 생각이 다른 생각을 불러와 글을 계속 이어서 쓰게 만들어줍니다. 물론 어떤 글을 쓸지에 대해 어느 정도 생각이 필요합니다. 아무 생각이 없으면 글은 한 줄도 쓸 수 없습니다. 하지만 너무 생각만 거듭하다 보면 글로 옮겨지지 않습니다. 하얀 백지를 놓고 생각만 반복하면 머리도 하얘집니다. 생각은 행동을 만날 때 다른 생각을 시작합니다.

생각이 낯선 생각을 불러오는 방법은 다른 사람의 생각과 접속하는 것입니다. 낯선 생각을 불러오는 또 다른 방법은 내 생각을 실험하면서 행동으로 옮기는 것입니다. 생각의 끝은 생각을 멈출 때 일어납니다. 어떤 글을 쓸 것인지, 글을 잘 쓰려면 어떻게 시작해야 하는지, 남들이 보면 창피한 수준이라는 생각들이 앞으로 나아가지 못하게 만듭니다. 논리에 안 맞고 어설픈 생각이라도 일단 쓰고 나서 고치면 됩니다.

가만히 앉아 있기보다 뭔가를 모색하고 실험하면서 낯선 상황과 마주칠 때 더 좋은 생각이 납니다. 글을 직접 쓰면서 노력하고 애태우는 과정에서 생기는 생각이 글쓰기에 더 도움이 됩니다. 작가가 쓰는 글은 오랜 기간 숙고해서 생긴 생각의 자손입니다. 생각이 어느 정도 정리되면 무조건 쓰기 시작합니다. 일단 쓰기 시작하면 또 다른 생각을 줄기차게 불러옵니다. 그래서 생각은 머리로 고민한 산물이 아니라 몸으로 체험한 결과입니다.

배움과 행동의 순서: 하다 보면 더 많이 배웁니다

———

"배워야만 행동할 수 있는 게 아니라

 행동하면서 배웁니다."

아리스토텔레스는 "배워야만 행동할 수 있는 게 아니라 행동하면서 배운다."라는 명언을 남겼습니다. 뭔가를 잘하기 위해서는 해당 분야에 대한 해박한 지식과 기술이 필요합니다. 그래서 그 분야에 본격적으로 몸담기 전에 '배우는' 과정을 거칩니다.

우리는 배우면 전문성이 생겨서 과감한 실천으로 옮길 것이라고 가정하고 있습니다. 지식이 곧 실천을 보장한다는 믿음은 행동과 분리된 앎을 부추깁니다. 행동하려면 알아야 한다는 믿음, 실천하려면 전문적인 지식이 풍부해야 한다는 가정이 배움과 행동을 분리시켜 왔습니다.

아이들에게 전혀 해본 적도 없는 게임기를 주면 매뉴얼을 따라 공부하지 않고 게임기를 바로 꺼내 이런저런 시도를 하면서 게임하는 방법을 배웁니다. 이에 반해 어른은 매뉴얼을 참고로 하나씩 배우면서 행동합니다.

사람은 안다고 해도 그것대로 실천하지 않습니다. 이는 지행일치(知行一致)를 주장하는 사람들의 모순입니다. 그러면서도 아는 만큼 행동할 수 있다는 믿음을 가지고 있습니다. 그러나 사람은 실천하는 가운데 배웁니다. 앎과 삶이 독립적으로 선행되어서 생기는 게 아니라 삶이 곧 앎이고 앎이 곧 삶입니다. 지행은 일치의 문제가 아니라 합일(合一)의 문제입니다. 지행합일(知行合一)은 앎과 행동, 지식과 실천의 이분법적 구분을 지양하고 삶 속에서 앎을 만들어가고, 그런 앎이 곧 삶이 되는 과정을 중시합니다.

실천하면서 익힌 전문성은 내 몸이 직접 깨달은 체험적 지혜라서 더욱 확신이 가고 강력한 신념으로 자리합니다. 삶 속에서 앎이 숙성될 때 앎은 삶과 구분되지 않습니다. 그런 앎이라야 삶을 변환시킬 수 있는 강력한 지적 자극제가 될 수 있습니다. 스스로 몸으로 체득한 지혜는 그만큼 믿음이 갑니다. 실천을 통해 갖게 된 신념 체계를 기반으로 생긴 배움은 더욱 강력한 호소력을 지닙니다. 모든 앎은 그 앎이 생겨난 삶과 무관하지 않습니다. 삶으로 숙성된 앎은 그 자체가 삶이며, 삶은 곧 앎의 무대가 됩니다. 아무리 위대한 생각이나 아이디어라고 할지라도 내 몸으로 실험하고 검증하지 않으면 공허한 관념에 지나지 않습니다.

바쁜 일상과 독서의 관계: 읽지 않으면 바빠집니다

—

"바빠서 책을 못 읽는 게 아니라
읽지 않아서 바쁜 것입니다."

한국 성인 10명 중에 4명은 일 년에 책을 한 권도 읽지 않는다고 합니다. 정보통신 기술의 강국일지는 몰라도 사고 혁명을 일으키는 원동력인 독서는 최빈국(最貧國)에 속합니다.

책을 읽지 않는 이유를 바빠서라고 말하는 사람이 많습니다. 책을 읽을 시간이 나지 않는다고 합니다. 과연 그럴까요? 책을 읽을 시간이 없는 게 아니라 책 읽을 시간이 많아도 책을 읽지 않으려고 노력한 습관 때문에 책을 읽지 않는 것입니다. 책을 읽지 않는 것은 책을 읽지 않겠다고 다짐하고 그것을 의도적으로 노력해서 실천한 결과입니다.

무지라고 하는 것은 단순히 지식의 결여를 가리키는 말이 아닙니다. '알고 싶지 않다'라는 마음가짐을 갖고 한결같이 노력해온 결과가 바로 무지입니다. 무지는 '나태의 결과'가 아니라 '근면의 성과'입니다.°

우치다 타츠루의 《푸코, 바르트, 레비스트로스, 라캉 쉽게 읽기》 중에 나오는 말입니다. 이 말을 독서에 대입해서 바꿔 쓰면 이렇게 됩니다.

"책을 읽고 싶지 않다고 말하는 것은 단순히 의지의 결핍을 가리키는 말이 아닙니다. '읽고 싶지 않다'라는 마음가짐을 갖고 한결같이 노력해온 결과가 바로 지금 상태입니다. 책을 읽지 않는 습관은 '나태의 결과'가 아니라 '근면의 성과'입니다."

결국 책을 읽지 않는 것은 나태함의 결과가 아니라 근면의 성과입니다. 시간이 나도 다른 일을 열심히 한 다음, 남은 시간을 내서 책을 읽으려고 했지만 그렇지 못했습니다. 시간이 나지 않거나 시간이 나더라도 책을 읽지 않으려고 부단히 노력해온 결과입니다.

○ 우치다 타츠루, 《푸코, 바르트, 레비스트로스, 라캉 쉽게 읽기》, 이경덕 옮김(갈라파고스, 2010), p.7.

바쁜 시간에도 책을 읽는 사람은 시간이 남아돌아서 책을 읽는 게 아니라 책을 읽을 시간을 내서 책을 읽어냅니다. 바빠서 책을 못 읽는다는 말은 핑계에 불과합니다. 바쁘지 않으면 그런 사람들이 책을 읽을까요? 바쁘지 않으면 그 시간에도 책을 읽지 않고 다른 일로 소일합니다. 일상을 돌이켜보면 의외로 자투리 시간이 많습니다. 예를 들면 나는 자전거를 타면서 운동할 때나 약속이 있어서 지하철을 타고 갈 때 항상 책을 읽습니다. 스마트폰만 잠깐 내려놔도 책 읽을 시간은 충분합니다.

마음과 몸의 관계: 몸은 마음이 거주하는 우주입니다

___

"마음이 몸을 지배하는 게 아니라
몸이 마음을 지배합니다."

흔히 사람들은 마음(mind)이 몸(body)을 지배한다고 생각합니다. 마음만 먹으면 몸을 통제할 수 있다고 생각합니다. 몸이 말을 듣지 않는 이유는 마음이 시키는 대로 하지 않을 때 발생합니다. 마음이 몸을 통제하고 조종할 수 있을 때는 몸에 아무런 문제가 없을 때, 즉 몸이 건강할 때입니다. 극한의 한계 상황이나 위기가 닥쳤을 때는 마음이 아무리 몸을 지배하려고 해도 몸이 말을 듣지 않습니다.

2015년, 킬리만자로 정상에 등반한 적이 있습니다. 4,700m 베이스캠프에서 밤 11시에 5,800m 정상을 향해 출발했습니다. 약 여덟 시간의 사투를 벌여야 정상에서 감동적인 일출 장면을 즐길 수 있습니다. 하지만 아무리 올라가도 끝은 보이지 않고 체력은 점차 고갈되기 시작했습니다. 같이 등반했던 동료들도 상황은 마찬가지였습니다. 우리는 모여서 계속 올라갈 것인지 내려갈 것인지 잠시 회의를 했습니다. 진퇴양난의 위기를 맞이한 셈입니다. 다행히 체력이 남아 있어서 올라갈 결심을 하고 앞으로 다시 전진했습니다.

사실 앞으로도 뒤로도 못 가는 진퇴양난의 위기를 만나면 옆으로 가면 됩니다. 이 소중한 지혜를 우리는 자주 간과합니다. 앞으로도 뒤로도 못 가는 위기에서 검토만 거듭하다가는 죽을 수도 있습니다. 사실상 진퇴양난의 위기는 없는 셈입니다.

몸은 마음이 거주하는 우주입니다. 몸이 망가지면 마음도 망가집니다. 몸은 한계에 맞닥뜨리거나 더 이상 움직일 수 없는 위험한 상황에 빠졌을 때는 마음이 뭐라고 해도 귀를 기울이지 않습니다. 몸이 건강해야 마음도 건강합니다. 마음은 몸이라는 집에서 살아갑니다. 집이 무너지면 마음이 거주할 집도 같이 없어집니다. 그때는 마음도 통제할 수 없는 난국에 빠질 수밖에 없습니다.

피하기와 즐기기의 관계: 즐기면서도 피할 수 있습니다

"피할 수 없으면 즐기는 게 아니라
즐기면 피할 수 있습니다."

나에게 의미 있고 즐거운 일을 하면서 행복을 찾는 밀레니엄 세대와 조직에서 정한 기준에 따라 나의 행복을 찾아가는 기성세대는 일하는 방식은 물론이고 직업관과 가치관이 전혀 다릅니다. 팀원이 바라보는 팀장은 권위주의가 심하고, 잔소리만 하고, 강압적이고, 썰렁한 유머나 지껄이는 존재입니다. 반대로 팀장이 보기에 어린 팀원들은 개인주의가 심하고, 기본적인 예의가 없고, 할 말은 다 하지만 헝그리 정신이 부족하고, 주인 의식이 없는 사람입니다.

두 세대는 자라온 환경과 미디어로 사회화된 방식에도 큰 차이가 있습니다. 무엇보다도 기성세대와 요즘 세대는 일을 통해 재미와 의미를 추구하는 방식에서도 큰 차이를 보여줍니다. 기성세대는 "피할 수 없으면 즐겨라."라는 말을 듣고 참고 견디면서 일해왔습니다. 그런데 요즘 세대는 "피할 수 없어도 피하라."라고 주장합니다. 피할 수 없는 일을 즐기다 오히려 내 몸만 망가질 수 있다는 의미입니다.

요즘 세대들은 피할 수 없는 일을 붙잡고 억지로 일하지 않습니다. 피할 수 있는 일은 피하고 좋아하는 일을 해야 한다는 철학을 갖고 있습니다.

피할 수 없는 일을 즐기기는 쉽지 않습니다. 우선 마음으로 끌리지 않습니다. 재미가 없으니 몰입이 안 되고, 몰입을 안 하니 의미 있는 성과가 나오지 않습니다. 뭔가를 성취하면 행복하고 의미 있는 게 아니라 일을 하면서 행복하다고 느끼는 게 있어야 의미 있는 성취가 나옵니다. 성공하면 행복한 게 아니라 행복하면 성공할 수 있는 것입니다. 성공과 행복, 재미와 의미도 인과관계를 바꾸어야 합니다. 그렇지 않으면 성공을 추구하다 행복을 잃어버리고 의미를 추구하다 재미가 실종됩니다.

방법과 실행의 문제: 실행 속에 방법이 숨어 있습니다

———

"방법이 있어야 실행하는 게 아니라
실행을 하다 보면 방법이 생깁니다."

뭔가를 시작하기 전에 그 일을 추진하는 방법을 모르기 때문에 못 한다고 생각합니다. 그런데 사실 방법은 실행 속에 스며들어 있습니다. 방법을 알아야 실행하는 게 아니라 실행하다 보면 그 속에서 어떻게 실행하는지를 압니다. 시행착오를 겪어보고 실패 체험도 해보는 가운데 이전보다 더 잘하는 방법을 체험적으로 알게 됩니다.

시작하기 전에 치밀하게 구상했다고 하더라도 예기치 못한 상황이 펼쳐지는 경우가 많습니다. 세상은 내가 구상했던 방법대로 돌아가지 않습니다. 방법은 사전에 구상할 과정이나 절차가 아니라 실행하는 가운데 부각되는 임기응변적 사고의 산물인지도 모릅니다. 물론 시작하기 전에 어느 정도 방법을 구상할 수 있습니다. 하지만 매 순간 어떻게 대응할 것인지를 사전에 생각해서 구상하기는 불가능에 가깝습니다.

실천이 이루어지는 현장은 복잡하고 역동적이며 불확실합니다. 언제 어떤 상황에서 무슨 일이 갑자기 부각될지 예측할 수 없습니다. 이런 불확실한 현장에서 실천을 통해 기대하는 성과를 거두는 비결은, 어느 정도 방법을 구상하면 바로 실천에 옮기고 순간순간 임기응변식으로 대응하는 지혜를 축적하는 것입니다. 이런저런 시도를 하다 보면 전혀 예상하지 못했던 색다른 방법도 떠오릅니다.

방법은 시작하기 전에 완벽하게 구상하는 게 아니라 일단 시작하고 모색하며 실험하다 보면 생겨나기도 합니다. 자꾸 해보고 시행착오도 겪어봐야 판단 착오를 줄일 수 있는 색다른 방법도 부각됩니다. 그 방법을 떠오르게 만드는 주체는 악조건 속에서도 실행을 거듭하면서 다양한 체험적 노하우를 축적하는 사람입니다.

'어떻게든'은 눈물겨운 것이다. 방법은 실행 속에 있다.°

이영광의 《나는 지구에 돈 벌러 오지 않았다》에 나오는 말입니다. 눈물겨운 실행 속에 눈물 나는 방법이 나에게 선물로 다가옵니다.

애초에 시작을 못 하는 사람도 있습니다. 시작하지 못하는 이유는 시작하지 않기 때문입니다. 시작하지 않으면 시작할 수 없습니다. 오랫동안 연구해서 계획을 완벽하게 세워도 막상 시작하지 않으면 소용없습니다.

> 모든 것의 시작은 위험하다. 그러나 무엇을 막론하고, 시작하지 않으면 아무것도 시작되지 않는다.°°

니체의 《인간적인 너무나 인간적인 II》에 나오는 말입니다. 위험 요인이 사라질 때까지 기다리고 기다리다 결국 시작하지 못하고 기회를 잃어버립니다. 사실 시작하기 전에 느끼는 위험 부담이나 걱정은 시작하지 않기 때문에 느끼는 심리적 부담감입니다. 막상 시작해보면 위험하다고 생각했던 요인은 위험하지 않으며, 고민거리로 작용했던 부분도 기우에 지나지 않습니다.

○ 이영광, 《나는 지구에 돈 벌러 오지 않았다》(이불, 2015), p.197.
○○프리드리히 니체, 《인간적인 너무나 인간적인 II》, 김미기 옮김(책세상, 2002), p.163.

완벽한 계획을 세워도 계획대로 실제 현실이 움직이지 않는 경우가 부지기수입니다. 때로는 그냥 시작하고 행동하면서 다음 단계로 어떻게 진입할 것인지 다시 계획을 세우고 그것을 바로 실천하는 방법을 찾아도 됩니다. 아무리 계획이 완벽해도 그것을 다시 수정할 수밖에 없는 상황이 빈번하게 발생합니다. 완벽한 계획 후에 완벽하게 시작하려는 의도는 시작 자체를 할 수 없게 가로막는 원인입니다.

힘든 일과 힘의 생성: **힘들어야 힘이 들어갑니다**

"힘이 있어야 힘든 일을 할 수 있는 게 아니라
힘든 일을 해봐야 없었던 힘도 생깁니다."

힘을 기르는 가장 효과적인 방법은 힘든 일을 극복하는 과정에 나를 던져보는 것입니다. 힘든 상황에서 힘을 쓰다 보면 없던 힘도 생깁니다. 운동을 할 때도 내가 들 수 있는 무게보다 한 단계 높은 무게를 들고 반복해야 힘이 길러집니다.

힘든 일에 직면하면 없었던 힘을 쓰기 시작합니다. 힘들면 힘이 들어갑니다. 그러는 사이에 생각지도 못한 힘이 생겨서 다른 어려운 일이 생겨도 견뎌낼 수 있습니다. 힘을 기르고 나서 힘든 일을 하기보다는 힘든 일을 하는 가운데 힘이 생겨서 힘든 일을 극복합니다.

힘든 상황을 극복하면서 생긴 힘은 더 힘든 상황을 견딜 수 있는 원동력으로 작용합니다. 하우스 배추보다 노지 배추로 담근 김치가 맛있는 이유는 자연에서 자라면서 스트레스를 많이 받았기 때문입니다. 닭장에서 사육한 닭보다 야생에서 뛰놀면서 자란 닭이 더 건강한 이유는 자연에서 뛰놀면서 건강한 몸을 만들었기 때문입니다. 인공 재배한 인삼보다 자연에서 자란 산삼이 약효가 뛰어난 이유는 그만큼 자연의 기운을 온몸에 받으면서 자랐기 때문입니다.

기술이 발전할수록 사람은 몸을 쓰지 않고 의자에 앉아 모든 일을 처리하는 체어맨이 되어갑니다. 그래서 이제는 조금만 힘든 일이 발생해도 그것을 감당할 힘이 없습니다. 인간이 처한 가장 심각한 위기 가운데 하나입니다. 힘든 상황을 견디면서 생긴 힘은 더 힘든 상황을 견딜 수 있는 원동력으로 작용하면서 힘의 선순환이 시작됩니다. 힘들어야 힘이 들어가고 힘든 상황을 이겨낼 수 있는 힘이 만들어집니다. 사실 따지고 보면 지금 우리가 누리고 있는 아름다운 풍경도 곤경이 낳은 자식입니다.

포기와 도전의 관계: 가끔은 포기해야 길이 열립니다

———

"빨리 포기하고

다른 길을 모색하는 것도 필요합니다."

우리는 "절대로 포기하지 마라."는 말을 절대적으로 신봉하고 있습니다. 일단 뭔가를 시작하면 절대로 포기하지 않고 끝까지 해내는 사람이 대단한 사람으로 칭송받는 사회입니다. 중간에 포기하면 마치 의지력이 부족한 사람인 것처럼 받아들입니다. 과연 모든 상황에서 이 말을 절대적인 진리로 받아들여야 할까요?

세상에서 가장 불행한 사람은 잘할 수 없는 일을 붙잡고 절대로 포기하지 않고 계속 가는 사람입니다. 예를 들면 10년 전에 고시 공부를 시작했는데 아직도 합격하지 못하고 매년 시험을 반복해서 응시하는 사람이 있습니다. 지금까지 노력한 시간이 아까워서 포기하지 않습니다. 언제 합격할지 알 수 없을 뿐만 아니라 과연 내 앞날의 행복을 보장해주는 공부인지도 알 수 없습니다. 그저 남에게 보여주기 위한 공부를 억지로 하고 있는 셈입니다. 이런 공부는 빨리 포기하고 다른 길을 모색하는 게 개인의 앞날을 위해서도 절대적으로 필요한 조치입니다.

어떤 목표를 달성하지 못하고 중간에 포기하는 것은 미덕이 아니라는 생각이 우리 삶을 불행에 빠뜨리고 있습니다. 하지만 절대로 포기하지 않고 계속 가다가 진짜 죽을 수 있습니다.

사하라 사막 마라톤에 도전한 적이 있습니다. 6박 7일 동안 250km를 달리는 마라톤이었습니다. 3일째 되는 날 120km 지점에서 모래언덕을 올라가다가 탈진 상태가 겹쳐 위기를 만났습니다. 이대로 계속 결승선을 향해 달리다가는 죽을 수도 있다는 의사의 말을 듣고 고민했습니다. 레이스 도중에 포기한다는 것이 나 자신에게는 용납되지 않았기 때문입니다. 하지만 잠시 고민하다 레이스를 포기하고 돌아오면서 남긴 세계적인 명언이 바로 "절대로 포기하지 마라는 말을 절대로 쓰지 마라."였습니다.

정신노동과 육체노동: 공부는 육체노동입니다

———

"공부는 앎으로 삶을 평가하는 게 아니라

삶으로 앎을 평가하는 과정입니다."

공부는 책상에서 하는 '정신노동'이 아니라 일상에서 몸으로 하는 '육체노동'입니다.° 진짜 공부는 책상에서 배운 앎으로 삶을 평가하는 게 아니라 삶에서 건져 올린 체험적 깨달음으로 앎을 만들어나가는 과정입니다. 몸으로 공부하는 사람은 현실 변화에 도움이 되지 않는 관념적인 공부를 증오합니다.

지리학자가 지리를 공부하려면 지리를 몸으로 배워야 합니다. 책상에서 지리학을 머리로 공부하는 게 아니라 몸으로 땅을 밟고 다니면서 지리학을 정립해야 합니다. 경영학자가 경영

○ 유영만, 《공부는 망치다》(나무생각, 2016).

자에게 도움이 되는 경영학적 조언이나 자문을 제공하려면 경영 현장에서의 체험적 깨달음이 있어야 합니다. 구멍가게 아주머니가 경영학자보다 구멍가게 경영을 더 잘하는 이유는 경영학적 지혜를 몸으로 터득했기 때문입니다.

머리로 하는 공부는 자기 전공을 나눠서 세부적으로 파고들지만 몸으로 하는 공부는 파편화된 앎을 거부합니다. 삶 자체를 총체적으로 익히는 체화(體化) 과정인 것입니다.

교육학자가 교육자에게 실무적 지침을 제공하려면 실제로 현장에서 아이들과 함께 가르치고 배워본 체험적 지혜가 있어야 합니다. 교육 현장 체험이 없는 교육학자는 교육 현장과 거리가 먼 관념적 이론을 양산할 수밖에 없습니다. 사상의 옳고 그름은 머리로 판단하는 게 아니라 몸으로 실천하는 체험적 타당화 과정을 통해서만이 알 수 있습니다.

보통 사람들에게 집을 그리라고 하면 지붕부터 그리지만 건설 현장에서 일하는 사람들은 절대로 지붕부터 그리지 않습니다. 터를 닦고 뼈대를 세우는 것이 먼저입니다. 일하는 사람의 평범한 논리는 현장 논리대로 배움을 만들어나갑니다. 책상 지식으로 현실을 변화시키려는 노력을 전개하기보다 현장에서 온몸으로 배운 깨달음으로 앎을 만들어나갑니다.

진정한 앎의 근원지는 삶입니다. 삶이 앎을 만들어내는 운동장이자 놀이터입니다. 삶과 무관한 차가운 논리로 재단하는 앎은 현실 변화에 무력한 관념적인 앎일 뿐입니다. 앎이 삶을 바꿀 수 없을 때 그 존재 이유는 어디서 찾을 수 있을까요?

3부

뭔가 다른
이런 사람
되세요

관계는 주고받는 생각으로 만들어갑니다. 타성에 젖어 사는 사람보다 매사에 감탄하며 탄성을 지르는 사람이 생각도 신선합니다. 만남이 자극을 주지 못하고 틀에 박히는 이유는 만나서 주고받는 생각이 고루하기 때문입니다. 사람은 사람을 만나면서 다른 사람으로 다시 태어납니다. 스쳐지나가는 사람은 아무리 만나도 사무치는 깨달음을 줄 수 없습니다. 마음속으로 스며드는 사람이 나를 바꾸는 사람입니다. 관계가 개선되지 않고서는 그 사이에서 태어나는 나와 너 역시 변화되지 않습니다. 사람과의 관계는 사람이 태어나서 죽을 때까지 만들어가는 일생의 과업입니다. 사람이라는 존재는 진공관 속에서 태어나 외롭게 살아가는 개체가 아닙니다. 사람은 그가 만들어가는 인간관계의 사회적 합작품입니다. 따라서 무수한 인간관계 속에서 '뭔가 다른 이런 사람'을 만나고 '뭔가 다른 이런 사람'이 됨으로써 영향을 주고받는 너와 내가 될 수 있는 방법을 찾길 바랍니다.

뭔가 다른 사람은 뭐가 다른가요? ──

뭔가 다른 사람은 남다른 사람이 아니라 색다른 사람입니다. 남다른 사람은 언제나 남보다 잘하려고 노력하지만 색다른 사람은 전보다 잘하려고 노력합니다. 남다른 사람의 경쟁 상대는 언제나 밖의 있는 다른 사람이지만 색다른 사람의 경쟁 상대는 어제의 나 자신입니다. 남다른 사람은 남보다 잘하려고 노력하지만 색다른 사람은 전보다 잘하려고 노력합니다.

뭔가 다른 사람은 사소한 일상에서도 비상한 상상력으로 새로운 것을 발견하고 만들어냅니다. 식상한 상식에서도 상상을 초월하는 깨달음을 얻어냅니다. 구태의연한 생각에 갇혀 있지 않고 언제나 틀 밖에서 뜻밖의 방식으로 생각해내려고 안간힘을 씁니다. 어떤 일에 임하는 자세와 태도 또한 근본적으로 다릅니다. 이들은 '생각을 다르게(think different)' 하기보다 아예 '다른 생각(different thinking)'을 하는 사람입니다. 문제가 발생했을 때 주어진 문제를 바라보는 관점과 해결 대안도 다릅니다.

뭔가 다른 사람은 평상시에 마주치는 사소한 사물이나 현상도 어제와 다른 의미를 지닌 것으로 새롭게 해석하려는 사람입니다. 사람을 만날 때도 마찬가지입니다. 매일 만나는 사람이라도 어제와 다른 깨달음을 주는 대상입니다. 그래서 이들에게는 모든 순간, 모든 사람이 의미 있게 다가옵니다. 우리는 뭔가 다른 사람을 만날 때 나도 뭔가 다른 사람으로 변신할 수 있다는 자극을 받습니다. 뭔가 다른 사람은 다른 사람과 소통하는 자세와 방식도 다릅니다. 강요하기 전에 뭔가 다른 내가 되어야 인간관계를 튼실하게 만드는 다리가 건설됩니다.

뭔가 다른 사람은 땀을 흘립니다

"뭔가 다른 사람은
침을 흘리지 않고 땀을 흘립니다."

오늘날의 사람들은 몸을 직접 움직여 땀을 흘릴 시간이 이전에 비해 크게 줄어들었습니다. 책상에 앉아서 오랫동안 컴퓨터로 하는 정신노동은 늘어나고 있지만 몸을 움직여 육체노동을 하는 시간은 줄어들고 있습니다. 근육은 퇴화되고 머리는 더욱 복잡해진 상황입니다.

땀을 흘리는 사람이 건강한 이유는 적당한 운동과 노동으로 힘든 시간을 보내면서 근육에 힘이 생기기 때문입니다. 열정적인 사람은 에너지원을 운동을 통해 만들어갑니다. 땀을 흘리는 일이 고되기는 하지만, 그로부터 건강을 얻고, 결정적인 상황에 나가떨어지지 않고 이겨낼 수 있게 해줍니다.

뭔가 다른 사람은 자기 일에 열정적으로 몰입하면서 땀을 흘립니다. 그런데 남의 일에 열광하면서 침을 흘리는 사람도 있습니다. 땀과 침의 차이는 결국 열정과 열광의 차이입니다. 열정은 내 일에 몰입하는 것이고, 열광은 남의 일에 집중하는 것입니다. 땀은 수고와 정성에서 나오고 침은 시기와 질투로 인해 흐릅니다. 또한 침은 가만히 앉아서도 흘릴 수 있지만 땀은 몸을 움직여 고된 노동을 해야 나옵니다. 땀은 노력의 결과로 나오는 긍정적 산물이지만 침은 남의 성취를 보면서 자신도 모르게 흘리는 부정적 산물입니다.

앉아서 우유를 받아먹는 사람보다 밖에 나가서 우유를 직접 배달하는 사람이 더 건강한 이유는 땀을 흘리기 때문입니다. 이렇게 생각하면 땀은 흘리기 전까지는 수고스럽지만 흘리고 나면 가치가 올라가는 상징물입니다.

뭔가 다른 사람은 겸손합니다

——

"뭔가 다른 사람은 왼손과 오른손 위에
'겸손'을 갖고 다닙니다."

사람은 저마다 왼손과 오른손을 부지런히 움직여 업적과 성취를 만들어갑니다. 장인의 손에 있는 흉터는 누구도 쉽게 흉내 낼 수 없는 전문성과 실력을 나타냅니다. 실력은 무수한 시행착오와 우여곡절 끝에 몸으로 축적한 흔적입니다. 실력으로 가는 지름길은 없습니다. 숱한 도전 과제를 넘으며 그 사람 특유의 전문성으로 축적됩니다.

성공하는 사람은 왼손과 오른손 외에도 항상 한 가지 손을 더 갖고 다닙니다. 바로 '겸손'입니다. 겸손은 자신을 낮추고 상대를 높이려는 인간관계의 미덕입니다. 역설적으로 자신을 낮췄음에도 불구하고 결과적으로는 더 올라가는 신비한 덕목이기도 합니다.

실력을 가진 사람이 겸손하면 더욱 빛나 보입니다. 겸손은 실력 있는 사람만이 보여줄 수 있는 인간적 가치입니다. 진짜 실력은 겸손한 미덕에서 나옵니다.

사람이 겸손하지 않는 이유는 자신의 실력이 자기의 힘과 노력으로 축적한 결과라고 믿기 때문입니다. 또 하나는 자신이 가진 실력에는 한계나 문제점이 없다고 믿는 지나친 자신감 때문입니다. 실력은 있어 보이지만 왠지 모르게 인간적 매력이 끌리지 않는 이유는 실력을 감싸 안아주는 따뜻한 가슴이 없어서입니다. 실력은 본인이 말해서 드러나는 것이 아니라 다른 사람이 인정해줄 때 비로소 드러납니다.

내가 가진 실력은 나의 노력을 포함해서 다른 사람이 음으로 양으로 도와준 사회적 합작품입니다. 내 실력을 나 혼자만의 사투로 일궈낸 전문성이라고 생각하면 교만입니다. 이럴 경우 실력은 신뢰를 무너뜨리는 데 행사될 뿐입니다.

실력은 내가 보여줄 수 있는 나의 전문성이지만 다른 사람이 인정해주지 않으면 무용지물입니다. 실력은 상대와의 깊은 인간적 신뢰 속에서 축적되고 발휘됩니다.

뭔가 다른 사람은 시간을 내서 뭔가를 합니다

"뭔가 다른 사람은 시간이 '나서'가 아니라
시간을 '내서' 뭔가를 합니다."

성공하는 사람은 시간이 '나서' 뭔가를 하지 않고 시간을 의도적으로 '내서' 뭔가를 합니다. 시간이 '나서' 하는 사람보다 시간을 '내서' 하는 사람이 내일을 주도합니다. 의도적으로 시간을 내서 뭔가를 하겠다는 사람과 바쁜 일을 처리하다 마침 자투리 시간이 남아서 뭔가를 하겠다는 사람과는 엄청난 차이가 납니다.

시간이 나면 뭔가를 하겠다는 사람은 다른 뭔가를 하다 시간이 없어집니다. 이들은 실제로 시간이 나도 하려고 했던 일을 하기보다 지금 당장 해야 하는 급한 일을 먼저 하는 경우가 많습니다.

시간은 언제나 나지만 시간을 일부러 내는 사람이 뭔가를 합니다. 시간은 자연스럽게 흘러가는 물리적 시간인 '크로노스(Chronos)'와 특별한 의미가 부여된 시간인 '카이로스(Kairos)'로 구분됩니다. 시간이 나서 어쩔 수 없이 뭔가를 하는 사람은 누구에게나 똑같이 주어지는 물리적인 크로노스의 시간을 보내는 사람입니다. 시간을 내서 의도적으로 뭔가를 하는 사람은 저마다 다른 주관적이고 심리적인 카이로스의 시간을 보내는 사람입니다.

세상은 크로노스보다 카이로스의 시간을 만들어가는 사람이 바꿔나갑니다. 카이로스의 시간을 보내는 사람은 자신이 보내는 모든 순간을 다시 돌이킬 수 없는 소중한 시간으로 생각합니다. 2014년, 히말라야 안나푸르나 베이스캠프에 오르기 전에 마지막 숙소인 마차 푸차레 베이스캠프에서 하룻저녁을 보낸 적이 있습니다. 일몰 전에 도착한 그곳에서 바위산 쪽으로 해가 지는 장면을 목격할 수 있었습니다. 불타는 것처럼 붉게 물든 바위 사이로 작열하는 일몰의 순간을 포착해서 사진을 찍었습니다.

해가 진 뒤 바위산은 순식간에 어둠으로 변했습니다. 한순간에 일어난 변화였습니다. 시간을 내서 그때 그곳에 가지 않았다면 영원히 볼 수 없었을 아름다운 순간이 영원히 잊을 수 없는 추억이 되었습니다. 그래서 3M(Make, Moment, Memorable) 법칙을 만들었습니다. 내가 보내는 매 순간(Moment)을 영원히 잊을 수 없는 추억거리(Memorable)로 만들어보라고(Make).

뭔가 다른 사람은 '지금부터'를 소중하게 생각합니다

"뭔가 다른 사람은 '지금까지'보다
'지금부터'를 소중하게 생각합니다."

성공하는 사람은 '지금까지' 무엇을 했는지보다 '지금부터' 무엇을 하려고 하는지를 더 중요하게 생각합니다. '지금까지' 잘 못했어도 '지금부터' 잘하면 된다고 생각합니다. 지금까지 노력했지만 기대했던 대로 되지 않았으면 지금부터 다른 방식을 찾아 노력하면 됩니다.

그래서 나는 '끄트머리'라는 말의 의미를 곱씹어보곤 합니다. '끝에서 다시 시작(머리)'한다는 뜻으로 풀이할 수 있는 '끄트머리'는 끝에서 좌절하지 말고 희망을 갖고 다시 도전하라는 용기를 전해줍니다.

끝은 물리적으로 잠정적인 끝일 뿐입니다. 끝은 또 다른 시작을 알리는 출발점입니다. 끝(end)과 끝(end)을 수없이 연결하는 '그리고(and)'가 있어서 우리의 삶 자체가 끝과 끝을 이어가는 '그리고'의 향연일지 모릅니다.

대학을 졸업하면 다 될 것처럼 생각되었지만 졸업의 끝에서 취업의 문으로 들어가고, 취업의 문으로 들어가면 또 다른 끝을 향해 도전을 멈추지 않습니다. 유학을 떠나 박사 학위를 받았습니다. 그러나 그토록 꿈에 그리던 박사 학위는 공부의 끝이 아니라 또 다른 출발점입니다. 나 또한 학위를 받고 기업에 취업했지만 거기서 다시 현장 경력을 쌓았고, 더 공부해서 대학 교수가 되었습니다. 그런데 대학 교수가 내 인생 여정의 끝이 아니었습니다. 교수에서 작가이자 강연가로 부단히 어제와 다른 모습으로 변신을 거듭합니다.

지금까지 추구하는 방향에 맞는 노력을 거듭해오고 있지만 언제나 기대에 부응하는 결과를 내지는 못했습니다. 그러나 지금까지 노력해서 얻은 결과도 나름 열심히 갈고닦은 땀과 정성의 산물입니다. 비록 그 결과가 마음에 들지 않는다고 할지라도 거기서 끝이 아닙니다. 모든 일은 끝에서 다시 시작합니다. 지금까지 노력한 결과가 끝이 아니라 또 다른 시작을 알리는 출발점이라면, 과거를 돌이켜 반성은 하되 후회하는 데 너무 많은 시간을 낭비하지 말아야 합니다.

지금까지 잘한 것을 너무 자랑하면 과거의 향수에 취한 꼰대가 되기 쉽습니다. 과거 없이 현재는 존재하지 않고 현재에 충실하지 않고는 미래를 꿈꿀 수 없습니다. 지금부터 무엇을 하는지에 따라 나의 미래가 결정됩니다.

뭔가 다른 사람은 잔머리를 쓰지 않고 몸을 움직입니다

"뭔가 다른 사람은 요리조리 머리 쓰는 사람이 아니라
이리저리 몸을 움직이는 사람입니다."

성공하는 사람은 요리조리 머리를 쓰며 계산하는 사람이
아니라 이리저리 몸을 움직이며 방법을 찾아보는 사람입니다.
세상은 요리조리 쓰는 머리가 바꾸지 않고, 이리저리 움직이는
몸이 바꿔나갑니다. '요리조리'는 잔머리에서 나옵니다. 책상에
앉아서 실행하지 않고 다양한 변수를 끌어다 놓고 조목조목 따
져봅니다.

'요리조리'가 계속될수록 남는 것은 심한 두통뿐입니다. 골
치가 아픈 이유는 실천하지 않고 머리로만 생각하기 때문입니
다. 생각이 깊어질수록 실천하기는 더욱 힘들어집니다.

이에 반해 이리저리 몸을 움직여 다양한 대안을 직접 실행

하는 사람은 머리가 복잡하지 않고 몸도 마음도 가벼워집니다. 내 생각의 옳고 그름을 알 수 있는 유일한 방법은 직접 실행에 옮겨보는 것입니다. 앉아서 생각이 깊어질수록 그 일을 안 해도 되는 열 가지 이유를 찾습니다. 하지만 나가서 직접 이리저리 행동에 옮기다 보면 열 가지 '되는 방법'을 찾습니다. 요리조리 머리 쓰는 사람보다 이리저리 몸을 움직이는 우직한 사람이 '뭔가 다르게' 이뤄나갑니다.

숙고하는 것이 손전등이라면 행동하는 것은 전조등이다. 행동의 빛은 보이지 않는 세상을 훨씬 더 멀리까지 비춘다. 그러므로 흥미롭고 새로운 장소로 나아가려면 고민의 손전등을 꺼야 한다.°

롤프 도벨리의 《불행 피하기 기술》에 나오는 말입니다. 앉아서 요리조리 잔머리 굴리면 손전등처럼 가까운 곳만 비출 수 있는 아이디어가 나옵니다. 하지만 나가서 이리저리 몸을 움직여가며 실천해보면 전조등처럼 멀리까지 비출 수 있는 색다른 아

° 롤프 도벨리, 《불행 피하기 기술》, 유영미 옮김(인플루엔셜, 2018), p.270.

이디어를 얻습니다.

신영복의 《강의》에 보면 "책상에서는 한 가지이지만 실제로 일해 보면 열 가지도 넘는다."°, "머리는 하나지만 손가락은 열 개나 되잖아요."°°와 같은 표현이 나옵니다. 하나의 머리로 생각하는 것보다 열 개의 손가락으로 시도해보는 것이 훨씬 더 풍부한 대안을 찾아낼 수 있다는 말입니다. 머리로 생각만 하지 말고 손발을 움직여 실천하다 보면 생각하는 머리의 한계도 압니다.

° 신영복, 《강의》(돌베개, 2004), p.183.
°° 위의 책, p.184.

뭔가 다른 사람은 내려오는 연습을 합니다

―

"뭔가 다른 사람은 잘 올라간 사람이 아니라
성공적으로 내려온 사람입니다."

진짜 성공한 사람은 잘 올라간 사람이 아니라 잘 내려온 사람입니다.° 등반가의 성공은 등산으로 완성되는 게 아니라 하산으로 완성됩니다. 등산을 아무리 잘했어도 하산을 못하면 등반가의 운명은 거기서 끝납니다. 올라갔지만 잘 내려오지 못하면 추락합니다. 잘 내려와야 다시 올라갈 수 있는 기회가 생깁니다. 올라가는 능력보다 내려오는 능력이 중요한 까닭입니다.

그런데 많은 사람들이 어떻게 하면 잘 올라갈 것인지만 염두에 두고 노력합니다. 우선 올라가고 보자는 발상입니다. 하지

○ 유영만, 《내려가는 연습》(위즈덤하우스, 2008).

만 아무리 잘 올라갔어도 잘 내려오지 못하면 올라가서 이룬 성취는 하루아침에 물거품이 됩니다.

비행기도 이륙할 때보다 착륙할 때 사고가 많이 납니다. 이륙을 아무리 잘했어도 목적지에 도착해서 착륙을 못하면 여행을 시작하기도 전에 거기서 끝을 맞이합니다. 우리는 모두 어떻게 더 빨리, 더 높이 올라갈 것인지를 염두에 두고 남보다 잘하기 위해 오늘도 더 높은 목표를 달성하려고 합니다. 하지만 높이 올라갈수록 목표 달성으로 느끼는 만족감이나 성취감을 즐길 여유는 점점 더 없어집니다.

이전보다 더 빨리, 더 높이 올라가려는 성취 욕망이 잠시라도 긴장의 끈을 놓지 않게 우리를 부추깁니다. 세상의 모든 자기계발서는 어떻게 하면 짧은 시간에 더 좋은 결과를 만들어낼 수 있는지, 또 얼마나 빨리 올라갈 수 있는지를 알려줍니다. 어떻게 내려가야 되는지를 알려주는 책은 만나기 어렵습니다.

애써서 올라갔지만 잠시 긴장의 끈을 놓는 순간 나락으로 추락합니다. 나도 2015년 킬리만자로를 사투 끝에 올라갔지만 내려갈 기력이 소진된 것을 정상에 올라가서 알았습니다. 다시 내려갈 엄두가 나지 않았습니다. 졸음은 쏟아지고 내려가면서 버틸 다리 힘은 없고, 몸은 천근만근이었습니다. 다행히 바위

·나 돌산이 아니라 화산재나 사막 모래처럼 부드러운 흙길이 많아서 미끄럼틀을 타듯 간신히 내려왔습니다.

내려가는 기술은 올라가는 기술과 차원이 다른 기술이 필요합니다. 자신의 힘으로 잘 내려오지 못하면 추락하고 그 사람은 거기서 유명을 달리할 수밖에 없습니다. 잘 내려와서 숨을 골라야 더 높이 올라갑니다.

뭔가 다른 사람은 정상에 시비를 겁니다

"뭔가 다른 사람은 정상(正常)이 아니라
비정상(非正常)입니다."

정상(頂上)에 간 사람은 '정상(正常)'이 아닙니다. 정상적인
생각으로 정상에 간 사람은 없습니다. 정상에 간 사람은 모두
'비정상(非正常)'입니다.

세계 최초로 높이뛰기를 반대 방향으로 한 사람이 있습니
다. 정상적인 높이뛰기 선수는 모두 배가 땅을 향하도록 해서 앞
으로 넘었습니다. 당시 앞으로 뛰어넘는 사람들의 한계는 2m였
습니다. 그러던 어느 날 한계에 도전하는 사람이 나타났습니다.
비정상적인 방법으로 정상에 도전한 사람, 1968년 멕시코 올
림픽 때 듣도 보도 못한 방법으로 배가 하늘로 향하도록 해서
뒤로 넘는 높이뛰기 선수가 등장했습니다. 그 사람이 바로 높이

뛰기의 전설, 딕 포스버리(Dick Fosbury)입니다. 그의 이름을 따서 지금은 포스버리 플롭, 즉 배면뛰기가 높이뛰기의 상식이 되었습니다.

딕 포스버리가 처음으로 뒤로 뛰어넘었을 때 세상 사람들은 생각지도 못한 방법이라고 놀랐습니다. 정상에 오른 딕 포스버리는 분명히 정상(正常)은 아닙니다. 만약 딕 포스버리도 다른 정상적인 사람들처럼 정상적인 방법으로 정상(頂上)에 도전했다면 절대로 정복할 수 없었을 것입니다.

정상을 정복한 사람은 하나같이 비정상입니다. 생각지도 못한 비정상적인 생각은 생각지도 못한 많은 일을 저지르고 당했을 때 비로소 잉태됩니다. 정상적인 사람들은 인간의 신체 구조상 2m는 절대로 뛰어넘을 수 없다고 생각했을 것입니다. 그들은 정상분포 곡선에 갇혀서 정상적인 사유와 상식, 그리고 타성과 고정관념에 얽매여 사는 사람입니다. 그러나 딕 포스버리 덕분에 인간의 높이뛰기 한계는 2m가 아니라는 것을 알게 되었습니다.

이처럼 비정상적 사고가 있어야만 정상에 도달할 수 있습니다. 정상에 가고 싶다면 정상적인 사람들과만 어울리면 안 됩니다. 정상적인 사람과 어울리고 안주할수록 정상(頂上)에서는 멀어집니다.

　마찬가지 맥락에서 '몰상식'한 사람이 '상식'을 뒤집습니다. 지금까지는 없었던, 듣지도 보지도 못한 새로운 아이디어를 내면 세상 사람들은 처음에 무시합니다. 그리고 조소와 조롱을 보내거나 저항합니다. 그러나 그 아이디어가 서서히 세상을 움직이는 화두로 바뀌면서 몰상식한 사람은 마침내 세상을 이끄는 사람으로 부각됩니다.

뭔가 다른 사람은 꾸미지 않고 가꿉니다

——

"뭔가 다른 사람은 꾸미는 사람이 아니라

가꾸는 사람입니다."

'꾸미는 사람'은 자신만의 컬러와 스타일이 없기 때문에 자신을 감추기 위해 위장하고 변장합니다. 그러나 '가꾸는 사람'은 자신만의 독창적인 컬러와 스타일이 있기에 본질을 드러내는 사람입니다. 꾸미면 자신의 본질이 감춰지지만 가꾸면 자신만의 색다름이 드러납니다. 꾸민다는 것은 자신이 없기 때문에 감추는 행위이지만 가꾼다는 것은 이전과 다른 나의 모습으로 변신하기 위해 어제와 다르게 노력하는 모습입니다.

꾸미는 사람도 노력은 합니다. 하지만 남과 자신을 비교하는 데만 초점이 맞추어져 있어서 결국 자기만의 색깔을 잃어버립니다. 반면 가꾸는 사람은 전보다 잘하려고 노력하면서 자기만의 색깔을 더욱 드러냅니다.

꾸미는 사람은 남다름을 추구하고 가꾸는 사람은 색다름을 추구합니다. 남다름은 추구할수록 치열한 경쟁 가도에 진입하지만 색다름은 추구할수록 치열한 자기 연마에 돌입합니다. 꾸미는 과정에서는 진정성이 희석되지만 가꾸는 과정에서는 진정성이 살아 움직입니다. 꾸미면 일순간은 포장된 아름다움이 빛을 발하겠지만 곧 시들고 맙니다. 그러나 가꾸면 나만의 향기가 사방으로 퍼지게 됩니다.

자신을 꾸미면 꾸밀수록 꿈에서 멀어지지만 가꾸면 가꿀수록 꿈에 점차 가까워집니다. 꾸미는 과정에 몰두하면 내가 누구인지를 모르게 되지만 가꾸는 과정에 몰두하면 나다운 고유함이 드러나기 시작합니다.

나는 나의 퍼스널 브랜드 '지식생태학자'로 10여 년 전부터 나다움을 가꾸기 시작했습니다. 생태계에서 살아가는 생명체의 존재 이유와 삶의 방식, 원리를 연구하고, 사람과 조직을 변화시키는 전략과 방법을 연구하는 지식생태학자로 나다운 정체성을 찾은 것입니다.

꾸미는 사람은 자기 색깔을 감출 수 있는 컬러링(coloring)을 좋아하지만 가꾸는 사람은 자기 색깔을 드러내는 컬러풀

(colorful)을 선호합니다. 컬러(color)에서 나온 두 가지 형용사, 즉 자신을 위장하는 컬러링과 자신을 위대하게 만드는 컬러풀은 지향하는 바가 전혀 다릅니다. 컬러풀 지식생태학자로 나만의 고유함을 드러내는 공부와 연구로 세상을 지금보다 따뜻한 세계로 가꾸고 싶습니다.

뭔가 다른 사람은 거울과 창문을 다르게 활용합니다

"뭔가 다른 사람은 거울과 창문을
사용하는 방법도 남다릅니다."

훌륭한 리더는 '거울과 창문'◦을 잘 활용하는 사람입니다. 이들은 '때문에'라는 말보다 '덕분에'라는 말을 즐겨 사용합니다. 훌륭한 리더는 뭔가 잘못되었거나 기대했던 대로 일이 풀리지 않을 경우에는 '거울'을 바라보며 자기반성을 합니다. 자신이 잘못했기 때문에 일이 잘 풀리지 않았다고 생각합니다. 뭔가 잘 풀릴 때는 '창문'을 내다봅니다. 바깥 환경이나 주변의 누군가가 자신을 도와준 덕분에 일이 잘 풀린 것이라고 생각합니다.

하지만 이류 리더는 어떻습니까? 일이 잘될 때는 거울을 바

◦ 거울과 창문 메타포는 짐 콜린스의 《좋은 기업을 넘어 위대한 기업으로》라는 책에서 얻은 아이디어입니다.

라보며 자신이 잘해서 잘된 일이라고 자화자찬을 합니다. 반대로 일이 잘 안 풀리면 창문을 내다보며 지금 환경이 좋지 않기 때문에 일이 잘 풀리지 않는다고 생각합니다.

거울은 자기반성의 도구이고 창문은 밖을 내다보는 문입니다. 똑같은 거울과 창문일지라도 누가 어떤 목적으로 사용하는지에 따라서 전혀 다른 기능으로 쓰입니다. 거울은 나를 들여다보는 용도로 사용되기도 하지만 내 얼굴을 바라보며 스스로에게 희망과 용기를 주는 도구로도 사용됩니다. 창문은 안에서 밖을 내다보면서 세상을 관조하고 변화를 전망하는 명상과 예견의 도구로 사용합니다. 그러나 바깥 환경을 탓하는 불평불만의 채널로도 활용합니다.

거울을 반성과 성찰의 도구로 사용하는 사람은 주기적으로 거울을 보면서 지금 하고 있는 일이 옳은지, 내가 진정으로 원하는 일인지를 점검합니다. 거울을 자화자찬의 도구로 사용하는 사람은 뭔가 일이 잘될 때만 거울을 바라보고 자신의 업적을 스스로 높이 평가합니다. 창문을 예측과 전망의 도구로 사용하는 사람은 좌정관천(坐井觀天)의 어리석음에서 벗어나기 위해 수시로 창문을 내다보며 위협적인 환경 변화를 감지하려고 노력합니다. 그러나 창문을 핑계를 찾기 위한 출구로 활용하는 사람은 문제가 발생하면 그제야 창문을 내다보고 원인을 밖에서 찾기 시작합니다.

뭔가 다른 사람은 이렇듯 똑같은 거울과 창문일지라도 전혀 다른 방식으로 사용합니다.

뭔가 다른 사람이 되세요 ──

오늘의 나는 내가 지금까지 만난 사람이 만들었습니다. 내가 누구와 소통하는지, 어떤 사람과 만나 무슨 대화를 주고받으며 인간관계를 맺어왔는지가 나를 결정합니다. 무수한 사람을 만나 소통하지만 어떤 사람과 대화할 때는 기분이 말할 수 없이 좋아지고 마음도 편안해집니다. 어떤 사람은 만나자마자 그가 던지는 한마디에 기가 죽거나 이유 없이 기분이 나빠지기도 합니다.

만나서 기분이 좋은 사람은 대화의 기본을 잘 지키는 사람입니다. 이런 사람은 담백한 담화로도 따뜻한 정감이 스며들게 만듭니다. 만나서 기분이 좋아지는 사람은 입으로 한 가지 말할 때 귀로 두 가지를 듣는 사람이고, 자신이 흥분하기보다 상대의 흥을 돋우는 사람입니다.

사람을 움직이는 사람은 논리적으로 설명하는 사람이 아니라 감성적으로 설득하는 사람입니다. 사람은 이해하면 깊이 생각하지만 반드시 행동으로 옮기지는 않습니다. 메시지의 핵심을 짚지 않고 장황하게 자기 이야기를 반복하거나 남의 실수를 지적하는 데 열정을 쏟는 사람에게는 도무지 인간적인 매력이 느껴지지 않습니다. 말한 대로 살아가는 진정성이 엿보이는 사람과 핑계를 줄이고 관계를 돈독하게 만드는 데 집중하는 사람에게 우리는 매력을 느낍니다.

상대의 흥을 돋우는 사람이 되세요

——

"맞장구를 쳐주면 상대는 더욱 신나게
  자신의 이야기를 풀어갑니다."

'흥'은 재미나 즐거움을 일어나게 하는 감정입니다. 그런데
혼자만 흥이 나는 경우와 더불어 흥이 나는 경우가 있습니다.
혼자 흥이 나는 경우는 다소 난감합니다. 혼자 흥분해서 말하
면 상대는 기가 죽어서 하고 싶었던 말을 할 수 없습니다. 상대
는 전혀 감흥이 없는데, 혼자서만 신나서 떠들어댑니다.

화가 나서 흥분한 경우는 더욱 심각합니다. 화가 난 상태에
서 주고받는 대화는 서로에게 상처만 줄 뿐입니다. 이런 경우
더 이상 소통은 진전되지 않고 불통이 시작됩니다. 불통에서
끝나지 않고 다시는 만나고 싶지 않은 사람으로 낙인찍힙니다.

서로가 서로의 흥을 돋우는 진정한 소통이 되려면 맞장구

가 일어나야 합니다. 진정한 소통은 대화의 물꼬가 트이고 공감대역이 넓어지면서 맞장구가 있을 때 이루어집니다.

내가 인정받고 있다는 느낌, 내 이야기가 상대에게도 공감대를 형성하고 있다는 생각이 들 때, 나 역시 마음을 열고 상대의 마음속으로 들어갈 수 있습니다. 마음과 마음이 만나고 몸에서 느끼는 언어가 말에 담길 때라야 진정성이 느껴집니다.

내 말에 체중이 실릴 때 상대는 비로소 감응하고 맞장구로 응수해줍니다. 내가 하는 말에 내 체중이 실리면 이제 입으로 말하지 않아도 몸으로 느끼기 시작합니다.

일을 할 때도 흥을 돋우는 사람을 만나면 재미가 납니다. 뭔가 일이 잘될 것 같습니다. 불가능할 거라고 생각하고, 효과가 없을 거라고 생각하던 일이었는데, 그 사람과 함께 이야기를 나누면 도전해보자는 마음이 생기고 비관적인 생각보다는 낙관적인 생각이 듭니다. 좋은 에너지를 가진 사람이기 때문에 주위에도 그런 사람들이 많이 모일 수밖에 없습니다.

지적하기보다 지지해주는 사람이 되세요

———

"장점을 강화해주는 소통은 상대의 가능성을
무한대로 열어줍니다."

허물은 가능성을 품고 있는 선물이자 보물입니다. 허물이 없
는 사람은 없습니다. 그럼에도 허물은 공개적으로 드러내고 싶
지 않고 인정하기도 힘듭니다. 인간미는 자기의 허물을 스스로
인정하고 고백하는 가운데 나옵니다. 또 상대의 허물을 눈감아
주고 인정해줄 때 연대가 생깁니다.

사람은 저마다 부족함을 지닙니다. 부족한 사람이기에 그
부족함을 메워줄 수 있는 또 다른 사람을 만나려고 노력합니
다. 나 역시 부족함과 결핍이 많은 사람입니다. 불완전한 사람
이기에 또 다른 불완전한 사람을 만나 함께 부족함을 채워주며
따뜻한 인간적 신뢰를 만들어갑니다.

자신의 약점이나 허물을 상대에게 이야기한다는 것은 그만큼 상대를 믿고 의지하고 싶다는 증거입니다. 그럴 때 자신을 믿고 고백하는 사람의 결핍이나 허물이 오히려 둘 사이를 신뢰 관계로 전환시키는 밑거름이 됩니다. 한 사람의 인생에는 말 못할 아픔이 서려 있고 누구에게도 드러내고 싶지 않은 슬픈 사연이 담깁니다. 또 사람은 누구나 살아가면서 예기치 못한 실수를 범합니다. 실수(mistake)가 큰 실패(failure)로 가지 않도록 반성하고 성찰하면 체험적 지혜를 쌓을 수 있는 좋은 계기가 됩니다. 실수나 실패는 모두 배움의 소중한 원천입니다.

일을 할 때도 마찬가지입니다. 누구나 단점은 갖고 있습니다. 단점은 쉽게 보완되거나 장점으로 바뀌지 않습니다. 어쩔 수 없는 인간의 한계입니다. 단점을 지적한다고 해서 쉽게 개선되지는 않습니다. 억지로 지시한다고 해서 제한된 시간에 기대하는 성과를 낼 수는 없습니다. 오히려 단점이 장점으로 상쇄될 수 있도록 장점을 지지해주고 그걸 살려서 일할 수 있다는 가능성을 지원해줄 때 굳건한 신뢰가 형성되면서 깨지지 않는 믿음의 연대가 생깁니다.

단점을 지적하면 의기소침해지지만 장점을 지지하면 자기만의 지도를 갖고 미지의 세계로 탐험을 떠납니다. 끊어진 단점의 고리를 연결하기보다 이미 굳건하게 연결된 장점의 고리를 더 탄탄하게 만들어갈 수 있는 조언을 해야 합니다.

약점을 지적해서 보완을 한다고 해도 강점을 보유한 사람을 능가할 수는 없습니다. 예를 들어 동물학교에 입학한 토끼와 오리가 있습니다. 토끼의 강점은 눈 오는 날 산등성이로 뛰어 올라가는 능력입니다. 오리의 강점은 호수에서 수영하는 것입니다. 반면에 토끼의 약점은 수영을 못하는 것이고 오리의 약점은 눈 오는 날 미끄러운 산등성이를 못 올라가는 것입니다.

치명적인 약점을 극복하기 위해 토끼가 아무리 노력을 한다고 해도 수영을 잘하는 오리를 능가할 수는 없습니다. 마찬가지로 오리가 치명적인 약점을 극복하기 위해 눈 오는 날 산등성이를 올라간다고 해봅시다. 오리가 아무리 노력해도 산등성이를 빠르게 올라가는 토끼를 앞설 수는 없습니다. 자신이 잘할 수 있는 재능을 발견해서 그쪽을 개발하면 멋진 능력을 축적할 수 있습니다. 토끼에게 왜 수영은 못하냐고 비난하거나 야단을 치면 상처만 받을 뿐 해결 대안은 없습니다. 마찬가지로 오리에게 왜 너는 토끼처럼 눈 오는 날 산등성이를 못 올라가느냐고 질책을 해봐야 아무런 소용이 없습니다.

진정한 소통은 단점을 지적하기보다 장점을 발견해주고 칭

찬해주는 가운데 이루어집니다. 장점을 강화해주는 소통이야말로 상대의 가능성을 무한대로 열어줍니다. 가능하다고 믿을 때 자신의 한계를 뛰어넘는 행동을 시작하기 때문입니다.

적게 말하고 많이 듣는 사람이 되세요

———

"입으로 한 가지 말할 때
귀로 두 가지를 들어야 합니다."

사람을 만나다 보면 유독 뒤에서 다른 사람을 욕하는 사람이 있습니다. 내가 아는 사람일 수도 있고, 모르는 사람일 수도 있지만 남의 험담은 우선 듣기가 싫습니다. 혹시라도 만나는 사람이 마음에 들지 않더라도 정중한 예의를 갖추고 그 사람 앞에서 자신의 솔직한 생각을 전달하는 게 좋다고 생각하기 때문입니다. 진심을 갖고 담백하게 전달하는 게 좋습니다. 그럴 용기가 없다면 그 사람에 대한 평가를 다른 사람에게 하지 않아야합니다. 누군가에 대한 비난이나 험담이 당사자에게 다시 전해지지 않는다는 보장이 없습니다.

많은 사람을 만나지만 남의 험담을 입에 달고 다니는 사람은 가급적 피하고 싶습니다. 그들은 근거가 확실하지 않은데도 함부로 상대를 평가하고 폄훼하는 발언을 서슴지 않습니다. 우연히 당사자를 만날 기회가 있어 자초지종을 들어보면 사실과 다르거나 오해로 빚어진 내용이기도 합니다.

험담을 일삼는 사람들은 SNS에서도 언제나 다른 사람들을 비난하고 흉을 봅니다. 누가 어떤 상황에서 무슨 이야기를 해서 사람들에게 빈축을 샀다는 둥, 도대체 그 친구는 왜 그런 말을 하는지 모르겠다는 둥 자신의 이야기보다 남을 깎아내리는 발언이 대부분입니다.

모든 이야기는 결국 당사자의 귀로 들어갑니다. 입에서 입으로 다시 뒷담화의 주인공에게 전달이 되면 돌이킬 수 없는 불화의 씨앗이 됩니다. 인간관계도 영영 끊어집니다. 남에 대해 이러쿵저러쿵 떠들 시간에 내가 살아가는 이야기, 내가 살아오면서 보고 느끼고 배운 나의 이야기를 할 때 대화는 담백해집니다.

입은 내가 통제할 수 있지만 귀는 내가 통제할 수 없습니다. 내가 통제할 수 있는 입으로는 가급적 적게 말하고 내가 통제할 수 없는 귀로는 많이 들으라는 의미입니다.

널리 존경받는 사람은 입담보다 경청의 달인입니다. 친구가 많은 사람도 대체로 말이 많은 사람보다 잘 들어주는 사람입니다. 적게 말하되 핵심을 말하고 많이 듣되 마음을 다해서 들어주어야 합니다.

'귀(貴)'하게 대접받고 싶으면 '귀(耳)'를 기울여야 합니다. 귀를 열려면 입을 닫아야 합니다. 적게 말하면 내 말을 비난하는 사람들도 적어집니다. 나를 낮추고 상대의 말을 경청할수록 상대가 높아지고 덩달아서 나도 높아집니다.

경청하지 않는 사람, 자기 이야기만 늘어놓는 사람 치고 한 분야의 경지에 오른 사람은 없습니다. 경청할 때는 상대를 존중하게 됩니다. 상대의 이야기를 잘 들어줘야 그 사람이 무엇을 원하는지 알 수 있습니다. 듣지 않고는 상대의 마음을 열 수도 없습니다.

머리보다 가슴으로 다가가는 사람이 되세요

———

"세상을 움직이는 사람은

마음을 훔치는 사람입니다."

촌철살인의 메시지로 사람들을 사로잡기 위해서는 연습과 훈련이 필요합니다. 복잡한 생각을 간단명료하게 전달하는 방법도 습득할 필요가 있습니다. 누구나 마찬가지겠지만 특히 성인은 흥미를 돋우거나 재미를 유발하는 글과 말에 끌립니다. 재미없는 말이나 글은 아예 듣거나 보려고 하지 않습니다. 사람의 뇌는 한정된 시간에 선택적으로 지각되는 정보에만 관심을 기울입니다. 긴 시간 아무리 열심히 이야기해도 뇌는 자신에게 의미심장한 메시지로 다가오는 대화만 포착해서 기억하려고 합니다. 장황한 설명은 백해무익합니다. 뇌는 결정적인 한 방을 기억합니다.

무슨 메시지를 전달하고 싶은지, 대화를 통해서 무엇을 공유하고 싶은지 그 핵심과 본질을 꿰뚫고 있어야 합니다. 위대한 경지에 이른 사람은 오히려 단순합니다. 그러나 단순하다고 위대해지지는 않습니다. 단순하다는 이야기는 사고가 단순하다는 의미가 아닙니다. 단순함은 치열함의 결과이고, 복잡함은 나태함의 산물입니다. 단순함에 이르기 위해서는 핵심과 본질만 남기고 나머지는 버려야 합니다.

머리로 이해한 내용이 가슴으로 내려오는 데는 30년 걸린다는 말도 있습니다. 머리와 가슴 사이의 30cm 거리를 좁히는데 무려 30년이 걸린다는 이야기는 그만큼 논리적 설명이 감성적 설득으로 쉽게 바뀌지 않는다는 말입니다.

사람이나 사물, 어떤 현상에 대해 가장 정직한 느낌은 머리보다 가슴으로 먼저 다가옵니다. 가슴으로 받은 느낌을 헤아려보고 따져보는 가운데 논리적 의미가 머리로 정리됩니다. 세상을 움직이는 사람은 논리적으로 설명하는 능력이 뛰어난 사람이 아니라 마음을 훔치는 '마음 도둑'입니다. 의미를 머리에 꽂으려고 하면 골치 아파하지만, 의미를 심장에 꽂으면 '의미심장' 해집니다. 그만큼 마음으로 들어와야 순수한 공감을 불러일으킨다는 말입니다.

설명하면 사회적 양식이 되지만 설득하면 사회적 상식이 됩니다. 양식을 논리적으로 설명해서는 사람을 움직일 수 없습니다. 상식을 어루만져줄 때 사람은 마음이 움직이고 결국 결연한 행동을 시작합니다.

세상을 움직이는 사람은 양식을 선전하는 '모범생'이 아니라 상식을 건드리면서 선동하는 '모험생'입니다. 하버드대학 졸업식 축사를 했던 빌 게이츠의 연설보다 스탠포드대학 졸업식 축사를 했던 스티브 잡스 연설이 와닿는 이유는 무엇일까요? 빌 게이츠는 양식을 설명하는 모범생이지만 스티브 잡스는 상식을 건드리고 선동하는 모험생이기 때문입니다.

이해는 가지만 와닿지 않는 경우, 사람은 결국 실천으로 옮기지 않고 계산을 시작합니다. 머리로 올라간 생각은 가끔 거짓말도 하고 포장하고 위장하기도 합니다. 이해타산을 따져보고 수지가 맞을 경우 비로소 행동하기 시작합니다.

설명은 이해를 불러오지만 이해가 무조건 행동으로 연결되지는 않습니다. 그러나 마음으로 들어가 설득을 하면 감동을 불러일으키고, 그 감동이 행동으로 이어집니다. 행동하게 만들려면 감동시키면 됩니다. 상대를 감동시키려면 다른 사람의 이야기를 하기보다는 내 이야기를 해야 합니다.

말한 대로 살아가는 진정성을 가진 사람이 되세요

——

"말한 대로 살아가는 메신저의 진정성이

모든 것을 압도합니다."

박용하 시인의 〈심장이 올라와 있다〉에 나오는 한 구절입니다.

사람의 눈에는 그 사람의 심장이 올라와 있다.

눈은 그 사람의 마음이 지금 무슨 생각을 하고 있는지를 드러내주는 증표입니다. 눈에 그 사람의 심장이 올라와 있는 이유는 심리적 상태가 가장 적나라하게 드러나는 곳이 바로 눈이기 때문입니다.

눈 맞은 남녀가 보내는 눈빛을 본 적이 있습니까? 어떤 장애물도 필요 없고, 높은 장벽도 단번에 무너집니다. 한마디로 속수무책입니다. 그만큼 가장 강력한 빛이 눈빛인 것입니다. 반면에 가장 큰 상처를 주는 총은 눈총입니다. 눈총을 쏘면 아프고 상처받지만 따뜻한 눈빛을 보내면 엄동설한의 눈도 녹아 없어질 정도로 온 세상이 따뜻해집니다.

눈은 눈빛으로 말을 하고 입은 진심으로 말을 합니다. 진심은 '참된 마음'입니다. 그리고 마음의 원천은 따뜻한 가슴입니다. 언어의 무게가 없는 사람의 말은 '참을 수 없는 존재의 가벼움'을 드러냅니다. 체중이 실리지 않은 언어는 어딘가에 꽂히지 않고 바람에 날리며 정처 없이 떠다닙니다.

언어의 무게는 진심의 무게입니다. 체험적 깨달음의 무게가 실린 언어에는 말할 수 없는 진심이 담깁니다. 많은 말을 하지 않아도 세월의 무게가 실린 언어에서는 깊은 감동을 받습니다. 입이 하는 말이 아니라 몸으로 하는 말에는 밑바닥 진실이 숨어 있기 때문입니다. 밑바닥 진실은 밑바닥을 온몸으로 체험해본 사람만이 압니다. 하지만 그 밑바닥이기에 더 이상 내려가지 않고 절치부심해서 다시 상승할 수 있는 힘을 비축합니다. 그런 사람이 몸으로 겪은 메시지를 전달할 때 진정성이 느껴지고 신뢰가 생깁니다.

신뢰는 몸으로 말해야 생깁니다. 입으로 말하는 사람, 자신이 직접 겪어보지 못한 남의 이야기를 전달하는 사람의 몸은 중심을 잃고 휘청댑니다. 아리스토텔레스의 수사학에 따르면 설득을 할 때는 인간적 신뢰감에 해당하는 '에토스(ethos)'와 감성적 설득력에 해당하는 '파토스(pathos)', 그리고 논리적 설명력에 해당하는 '로고스(logos)'가 각각 6:3:1의 비중으로 작용한다고 합니다. 메시지의 힘은 메신저에 대한 신뢰에서 비롯됩니다. 말은 그 사람의 인격이자 삶을 드러내는 증표입니다. 말을 바꾸기 위해서는 삶을 바꿔야 합니다. 말은 한 사람의 정신을 담고 있는 매개체이기 때문입니다.

핑계를 줄이고 관계를 돈독하게 만드는 사람이 되세요

"잘못을 스스로 인정하면
상대도 긍정적으로 생각합니다."

예기치 못한 일로 약속을 지키지 못할 상황이거나 약속을 아예 지키지 못했을 때는 가급적 빠른 시간 내에 자신의 잘못을 인정하고 용서를 구해야 합니다. 어떤 사람은 약속 날짜에 임박했을 때 전화해서 갑자기 일이 생겨서 약속을 연기해야겠다고 합니다. 거의 습관적입니다.

그가 대는 핑계는 한결같습니다. 언제나 갑자기 일이 생겼다고 합니다. 핑계는 또 다른 핑계를 낳습니다. 거짓말을 막기 위해 또 다른 거짓말을 하듯, 핑계를 합리화시키기 위해서는 또 다른 핑계로 둘러대야 합니다. 돌고 도는 핑계가 반복되면서 핑퐁 게임을 하다 탁구공이 탁구대에서 떨어지듯 한 사람이 관계에서 떨어져나가기 시작합니다. 핑계가 자주 생기면 관계는 금이 가기 시작합니다.

한순간의 판단 착오로 상대에게 결례가 되는 행동을 했거나 의도하지 않았지만 결과적으로 상대가 오해를 했을 때도 자신의 진심을 가능하면 직접 만나서 이야기하고 무조건 자세를 낮춰야 합니다. 그렇게 해야 다시 관계가 회복됩니다. 혹여 상대가 명백하게 잘못을 한 경우라도, 내가 겸손한 모습을 보이면 상대도 자신의 잘못을 인정하고 겸손한 자세를 지닙니다.

그렇지 않고 동일한 일이 반복해서 일어나면 가차 없이 관계를 정리해야 합니다. 밥맛이 있는 사람과 소통할 때 밥맛은 배가됩니다. 살날이 며칠 남지 않았습니다. 밥맛이 있는 사람과 마주 앉아 밥을 먹기에도 시간이 턱없이 짧습니다.

뭔가 다른 사람은 새로운 가능성을 열어줍니다 ——

괴테는 "내 곁에 있는 사람, 내가 자주 가는 곳, 내가 읽는 책들이 나를 말해준다."라고 말했습니다. 내가 누구인지를 알아보는 방법은 내가 만나는 사람, 나의 체험, 그리고 내가 읽는 책을 물어보면 됩니다. 내가 누구를 만나고 어디에서 어떤 체험을 하고, 무슨 책을 읽고 무엇을 깨달았는지가 나를 결정합니다. 특히 사람은 인간관계의 사회적 합작품입니다. 나 혼자 노력해서 만들어진 독립적인 개체가 아니라 나를 둘러싸고 있는 사람과 환경의 합작품이라는 말입니다. 인간관계가 사람을 완성합니다. 문제는 우리가 살아가면서 앞으로 어떤 인간관계를 맺을 수 있을지를 지금 여기서 예측할 수 없다는 점입니다.

미래는 손에 거머쥘 수 없는 것이며, 우리를 엄습하여 우리를
사로잡는 것이다. 미래, 그것은 타자이다. 미래와의 관계, 그것
은 타자와의 진정한 관계이다.°

에마누엘 레비나스가 쓴 《시간과 타자》에 나오는 말입니다.
'미래'라는 타자, 어떤 미래의 모습으로 나에게 다가올지, 어떤
사람을 만나게 될지 지금으로서는 알 수 없습니다. 분명한 점
은 내가 어떤 사람을 만나든 나는 그를 만나는 순간부터 새로
운 정체성이 형성된다는 사실입니다. 내가 만약 어떤 '타자(他
者)'도 만나지 않고, 정해진 곳만 간다면 나의 미래는 어떻게 바
뀔까요? "지옥, 그것은 타자다."라는 사르트르의 말처럼 '타자'
가 지옥이라면 그 누구도 만나지 말아야 할까요? 그렇지 않습
니다. 지옥처럼 느껴지는 타자도 만날 수 있지만 무한한 깨달음
을 주는 타자도 만날 수 있습니다.

우연히 마주친 기회들이 전환의 경로를 제시한다. 이미 존재하
지만 아직 발견하지 못한 최적의 답을 찾는 것이 아니라, 일상

○ 에마누엘 레비나스, 《시간과 타자》, 강영안 옮김(문예출판사, 1996), pp.86-87.

의 경로 안에서 마주치는 경험과 관계망 안에서 자신의 선호
와 기준에 따라 하나의 답을 만들어가는 것이 '어쩌다 전환의
기술'이라 할 수 있을 것이다.°

제현주의 《일하는 마음》에 나오는 인상 깊은 구절입니다.
사람 관계도 마찬가지입니다. 우연히 마주친 사람들이 어떻게
살아갈지 전환의 경로를 제시합니다. 일상에서 마주치는 경험
과 관계망 안에서 자신과 코드가 맞는, 또는 자신과 생각하는
방식이 맞는 사람을 만나는 기술이 바로 '어쩌다 만남의 기술'
입니다. 내가 필요한 사람, 내가 만나야 될 사람을 사전에 계획
을 세우고 상상하면서 만납니다. 하지만 이제껏 내가 만난 많은
사람은 미리 계획하고 구상했다기보다 우연한 기회에 어떤 모
임을 나갔거나 어떤 일을 같이 하는 과정에서 마주친 사람입니
다.

지금의 나는 20여 년 전 한 석학과 우발적 만남에서 출발합
니다. 삼성인력개발원에 근무하던 때 미국 출장을 가 웹사이트
를 검색하다 런던 비즈니스 스쿨 교수였던 조지 포 박사를 알게

○제현주, 《일하는 마음》(어크로스, 2018), p.162.

되었고, 햇살 좋은 캘리포니아 언덕 위에 있는 그의 집을 방문했습니다. 그와 주고받았던 대화는 아직도 기억에 생생합니다. 짧은 만남이었지만 내 인생의 학문적 반경을 생각지도 못한 방향으로 넓혀나갈 수 있도록 도와준 조우(遭遇)였고, 지식생태학자라는 퍼스널 브랜딩의 씨앗이 잉태된 순간이었습니다.

우발적 마주침이 나라는 사람을 바꿔갑니다. 지인의 소개로 모임에 나갔다가 명함을 교환하면서 서로의 관심사를 이야기하다가 생각하는 방식에서 공감되는 바가 크면 만남의 계기를 만들어 또 만남을 이어갑니다. 매번 같은 사람을 만나지만 다른 차이로 다가오는 사람일수록 또 만나고 싶어집니다. 앞으로 어떤 사람을 만날 수 있을지는 지금 여기서 알 수 없는 가능세계입니다.

모든 마주침은 우발적이다. 그 기원들에서 그러할 뿐 아니라 (마주침은 보증되어 있지 않다) 그 효과들에서도 그렇다. 달리 말해, 모든 마주침은 비록 일어났지만, 일어나지 않았을 수도 있다. °

○ 루이 알튀세르, 《철학과 맑스주의》, 백승욱·서관모 옮김(중원문화, 2017), p.78.

루이 알튀세르의 《철학과 맑스주의》에 나오는 말입니다. 마주침의 관계가 내가 만든 인간관계이며, 그 관계가 오늘의 나를 만들어온 동인입니다. 이것은 책에서 배울 수 있는 것도 아니고 대가를 받고 노하우를 일방적으로 가르쳐줄 수 있는 것도 아닙니다. 그야말로 우연한 마주침이 가져다준 관계에 대한 깨우침이자 가르침입니다.

마주치는 사람들과 이야기를 나누다 보면 신기하게도 나와 비슷한 고민으로 고군분투하는 사람이 많습니다. 전혀 다른 곳에서 다른 삶을 살고 있지만 놀랍게도 추구하는 가치관이나 지향하는 인생관이 비슷한 사람, 한두 마디 해보면 인생에서 무엇을 가장 소중하게 생각하는지를 금방 알 수 있는 사람과 조우한 것입니다. 나와 코드가 통하는 사람과의 만남도 공감대를 형성하지만 이전과 다른 방식으로 생각하기를 즐기는 사람을 만날 때 우리는 보다 큰 기쁨을 느낍니다.

같은 생각을 공유하는 사람과 만나기는 어렵지 않다. 하지만 어떤 생각에서 다른 생각으로 점프하는 방식이나 현재 지니고 있는 가치관의 틀을 '부수는' 방식이 자신과 같은 사람과 만나기는 힘들다.°

우치다 타츠루의 《말하기 힘든 것에 대해 말하기》에 나오는 말입니다. 생각이 같은 사람과의 인간관계도 필요하지만 생각하는 방식의 특이함을 공유하는 만남은 사르트르가 말하는 '지옥으로서의 타자'가 아니라 레비나스가 말하는 '나의 미래를 바꾸는 진정한 타자'입니다. 나는 나의 미래가 결정하고 나의 미래는 내가 누구를 만나는지가 결정합니다. 나의 미래는 지금까지 만난 사람과 또 다른 타자와의 우연한 마주침이 결정합니다. 언제, 어디서 누구를 만날지 지금 여기서 예측할 수는 없습니다.

○ 우치다 타츠루, 《말하기 힘든 것에 대해 말하기》, 이지수 옮김(서커스, 2019), p.215.

마주침은 새로운 가능성의 세계입니다

　타자를 지옥으로 생각하는 사르트르와 다르게 들뢰즈는 타자를 과거에 머물러 있는 나를 새로운 미지의 영역으로 이끌고 갈 '가능세계'로 보고 있습니다. 들뢰즈의 《의미의 논리》에는 다음과 같은 말이 있습니다.

> 타자는 하나의 위협적인 세계의 가능성을 표현하면서 등장하며, 이 세계는 타자 없이는 펼쳐지지 못한다. 나? 나는 나의 과거 대상들이며, 나의 자아는 바로 타자가 만든 한 과거의 세계에 의해 형성되었을 뿐이다. 타자가 가능세계라면 나는 과거의 한 세계이다.°

타자와의 지속적인 마주침이 과거의 세계에 머무르고 있는 나를 새로운 '가능세계'로 탈바꿈시켜주는 동력입니다. 들뢰즈는 나와 다른 타자를 억압하고 타자와의 사이에 존재하는 차이를 제거하려는 만남보다 나에게 색다른 깨우침을 주는 마주침을 강조합니다. 오늘 만난 그 사람을 내일 만나도 또 다른 사람으로 나에게 다가온다고 봅니다. 들뢰즈가 《차이와 반복》°°에서 말하는 진정한 인간관계 또한 오늘의 이 사람이 내일은 전혀 다른 사람으로 나타나는 차이의 반복입니다.

똑같은 사람을 매일 만나도 늘 다른 사람으로 거듭나는 관계가 진정한 인간관계를 통해 배움이 일어나는 관계입니다. 타자 없이는 펼쳐지지 않는 나의 미래는 지금 여기서는 알 수 없는 예측 불허의 세계입니다. 다만 내가 알아야 하는 사실은 나를 새로운 가능세계로 이끌어줄 타자와의 만남으로 나의 미래가 이전과 다르게 전개될 것이라는 점입니다. 하지만 타자와의 관계가 가져올 미래는 레비나스가 말했듯이 손으로 거머쥘 수 없는 불확실한 세계입니다.

다람쥐 쳇바퀴는 아무리 돌려도 늘 그 자리에서 뱅뱅 돕니

○ 질 들뢰즈, 《의미의 논리》, 이정우 옮김(한길사, 1999), pp.485-486.
○○ 질 들뢰즈, 《차이와 반복》, 김상환 옮김(민음사, 2004).

다. 쳇바퀴를 돌리는 다람쥐는 열심히 앞으로 달리지만 늘 한자리에 머물러 있다는 것을 모릅니다. 들뢰즈의 말을 인용하자면 다람쥐 쳇바퀴는 어제와 차이가 없는 일을 무한 반복하는 동일성의 패러다임입니다. 동일성의 패러다임에 비추어 보면 내가 어떻게 하면 잘할 수 있을지가 미리 결정되어 있고 나는 그 기준에 부합되는 일을 동일하게 얼마나 잘하느냐가 성과 판단의 근거로 작용합니다.

인간관계도 마찬가지입니다. 다람쥐 쳇바퀴 돌듯 정해진 네트워크 안이나 기존의 인맥 안에 있는 사람을 반복해서 만나다 보면 색다른 사람과 우연히 마주칠 가능성은 거의 없습니다. 이에 반해서 나선형을 그리면서 파고들거나 어제와 다른 반경을 그리는 동심원은 어제와 전혀 다른 곳으로 심화되거나 확산됩니다.

나선형이나 반경이 다른 동심원은 어제와 다른 차이를 낳는 차이 생성의 패러다임입니다. 차이 생성의 패러다임에 비춰 보면 동일한 일은 반복되지 않습니다. 어제와 다른 일이 다른 의미를 생산하면서 반복됩니다.

인간관계도 똑같은 사람을 반복해서 만나고 있다고 생각하지만 내가 지금 만나고 있는 이 사람은 어제의 그 사람이 아닙니다. 나 또한 어제의 나와 다른 사람입니다. 같은 사람을 다르게 만나기도 하지만 이제까지 만나지 못했던 새로운 사람을 만나 인간관계의 깊이를 심화시키고 넓혀나가는 과정이 차이를 만드는 패러다임입니다.

인간관계가 바뀌어야 변화가 완성됩니다

예측할 수 없이 우연히 만들어지는 인간관계가 관계 속의 사람을 바꾸어나갑니다. 사람의 변화는 곧 관계의 변화를 전제로 합니다.

자기 변화는 최종적으로 인간관계로서 완성되는 것입니다. 기술을 익히고 언어와 사고를 바꾼다고 해서 변화가 완성되는 것은 아닙니다. 최종적으로는 자기가 맺고 있는 인간관계가 바뀜으로써 변화가 완성됩니다. 이것은 개인의 변화가 개인을 단위로 완성될 수는 없다는 것을 뜻합니다. 그리고 더욱 중요한 것은, 자기 변화는 옆 사람만큼의 변화밖에 이룰 수 없다는 뜻이기도 합니다. 자기가 맺는 인간관계가 자기 변화의 질과 높이의 상한입니다. 같은 키의 벼 포기가 그렇고 어깨동무하고 있는 잔디가 그렇습니다.°

신영복의 《담론》에 나오는 말입니다. 인간관계의 깊이가 성장할 수 있는 인간의 높이를 결정합니다. 내가 만나는 사람과의 관계가 내가 성장할 수 있는 높이를 결정합니다. 존재가 관계를 결정하지 않고 관계가 존재를 결정합니다. 같은 키의 벼가 관계를 포기하고 자기 혼자 독불장군으로 자라면 바람에 휘말려 줄기가 꺾이고 맙니다. 어깨동무하는 잔디가 자기 욕심대로 혼자 높이 자라면 잔디 깎는 사람에게 순식간에 베이고 맙니다.

나는 혼자 성장하는 독립적 개체가 아니라 더불어 성장하는 '관계'의 다른 이름입니다. 나의 실력도 나 혼자 발휘하는 독립적 역량이 아니라 관계 속에서 주고받는 사회적 상호 작용의 산물입니다.

다른 사람과 아무런 내왕이 없는 '순수한 개인'이란 무인도의

° 신영복, 《담론》(돌베개, 2015), pp.239-240.

로빈슨 크루소처럼 소설 속에나 있는 것이며, 천재란 그것이 어느 개인이나 순간의 독창이 아니라 오랜 중지(衆智)의 집성이며 협동의 결정임을 우리는 알고 있습니다.°

신영복의 《감옥으로부터의 사색》에 나오는 말입니다. 인간은 독립적 공간에서 혼자 노력해서 탄생한 개체가 아닙니다. 모든 인간은 다른 인간과 그 사람과 만난 공간, 그리고 함께 보낸 시간의 합작품입니다. 더 나아가 신영복은 《강의》에서 다음과 같이 말합니다.

하나의 사물은 그것이 물려받고 있는, 그리고 그것이 미치고 있는 영향의 합으로서, 그것이 맺고 있는 전후방 연쇄(lok-age)의 총화라 할 수 있습니다.°°

모든 존재는 다른 존재와의 관계에 따라 위치는 물론 본질과 운동 방향도 바뀝니다. 일상에서 만나는 존재는 독립적 개체로 존재하지 않고 개체에 영향을 미치는 수많은 개체들과 영

○ 신영복, 《감옥으로부터의 사색(30주년 기념 특별 한정판)》(돌베개, 2018), p.264.
○○ 신영복, 《강의》(돌베개, 2004), p.475.

향을 주고받으면서 어제와 다른 모습으로 부단히 변신합니다. 예를 들면 도서관에 놓여 있는 책 한 권도 그 개체로 존재하지 않고 그 책을 쓴 저자, 책을 펴낸 출판사, 책을 읽는 독자가 언제 어디서 어떤 관계로 만나는지에 따라 전혀 다른 가치를 만들어 냅니다. 책은 그 한 권의 독립적 개체로 가치를 판정할 수 없습니다. 똑같은 책인데 누가 어떤 관점에서 읽어내느냐에 따라 책의 가치는 수없이 재탄생되면서 부단히 생성되고 발전합니다.

서로가 서로에게 변화를 위한 자극을 주고받을 때 관계는 또 다른 가능성의 세계를 열어주는 장치가 됩니다. 좋은 관계라야 좋은 사람이 됩니다. 하지만 어느 한 사람이 일방적으로 호의를 베풀어주는 관계는 상대와 수평적 인간관계를 쌓아나가기 어렵기 때문에 오래가지 못합니다.

한쪽의 수고로 한쪽이 안락을 누리지 않아야 좋은 관계다.°

○ 은유, 《싸울 때마다 투명해진다》(서해문집, 2016), p.46.

알아야 안아줄 수 있습니다

모르는 상태에서는 안아줄 수 없습니다. 내가 상대방을 알아야 안아줄 수 있습니다. 뜨거운 가슴으로 안아주려면 우선 상대의 아픔을 알아야 합니다. 아픔은 사연을 들어봐야 압니다. 사연과 배경이 깃들어 있는 아픔을 깊이 보듬어줄 수 있어야 비로소 상대를 제대로 안아줄 수 있습니다.

신영복은 《강의》에서 알면 사랑하는 게 아니라 사랑하면 더 깊이 알게 된다고 말합니다. 나와 관계없다고 생각하면 그 사람을 대하는 자세와 태도도 바뀝니다. 관계없음은 알 필요 없음과 동격입니다. 관계가 있다는 생각이 들어야 그 사람에 대한 호기심과 궁금증이 유발되고 알기 위한 노력이 뒤따릅니다.

상대방을 안다는 말은 머리로 이해한다는 말이라기보다는 가슴으로 다른 사람의 아픔에 공감한다는 말입니다. 가슴으로 공감하기 위해서는 그 사람이 어떤 삶을 살아왔는지, 어떤 사건과 사고를 경험하며 살아왔는지에 대해 그 사람의 입장이 되어 가슴으로 생각해봐야 합니다. 사람을 이해한다는 말은 그 사람의 사연을 가슴 깊이 공감한다는 말입니다. 진정한 이해는 오래 생각하는 깊은 관계 속에서 일어납니다. 관계없다고 생각하면 이해의 끈도 끊어집니다.

잘 알기 위해서는 서로 관계가 있어야 합니다. 아무 관계가 없다면 애초부터 알려고 하지 않습니다. 관계가 있어야 할 뿐 아니라 애정이 있어야 합니다. 관계가 애정의 수준일 때 비로소 최고의 인식이 가능해집니다. 애정은 인식을 혼란스럽게 한다고 하지만 그러한 생각이 바로 저널리즘이 양산하고 있는 위장된 객관성입니다. 애정이 없으면 아예 인식 자체가 시작되지 않습니다. 애정이야말로 인식을 심화하고 인간적인 것으로 만들어줍니다.°

○ 신영복, 《담론》(돌베개, 2015), p.279.

신영복의 《담론》에 나오는 말입니다. 관계없다고 생각하면 서로를 알려고 하지 않습니다. 관계가 없어지면 애정의 연대도 끊어지고 대상에 대한 인식 자체가 불가능해집니다. 그래서 애정의 연대가 끊어진 관계에서는 부끄러워하지도 않고 몰지각한 행동도 서슴지 않습니다.

부족함을 알아야 채울 수 있습니다

지하철을 타자마자 금방 내릴 것 같은 사람 앞에 서 있었습니다. 직감이 좋았는지 그 사람이 다음 역에서 내리려고 채비를 합니다. 내가 맡았다고 생각했던 자리에 앉으려는 순간, 생각지도 못한 일이 발생했습니다. 바로 옆에 앉아 있던 사람이 빈자리로 쏜살같이 움직여 자리를 차지하고 자신의 자리에는 친구를 앉힌 것입니다. 왜 이런 일이 발생할까요?

사회의 본질은 부끄러움이라고 생각합니다. 그리고 부끄러움은 인간관계의 지속성에서 온다고 생각합니다. 일회적인 인간관계에서는 그다음을 고려할 필요가 없습니다. 부끄러워할 필요가 없는 것이지요. 부끄러움을 느끼지 않는 사회란 지속적인 인간관계가 존재하지 않는 사회라고 할 수 있습니다. 엄밀한 의미에서 사회성 자체가 붕괴된 상태라고 해야 하는 것이지요.°

신영복의 《강의》에 나오는 말입니다. 관계가 돈독한 사람 사이에는 안면몰수 행위가 일어나지 않습니다. 함부로 행동하면 부끄럽다고 생각하기 때문입니다. 하지만 나하고 아무 관계가 없다고 생각하는 순간 인간적 미덕을 포기하고 몰지각한 행동을 서슴지 않습니다. 그런 행동을 부끄러워하지 않는 이유는 자신과 아무 관계가 없는 사람이라고 생각하기 때문입니다.

부끄러워한다는 말은 나와 상대가 애정의 연대로 엮여 있어서 나의 미천한 생각과 행동이 마음에 걸려서 몸 둘 바를 모르겠다는 뜻입니다. 자리에 대한 기득권을 갖고 있었던 내가 자리를 잡지 못한 이유는 나하고 관계없다고 생각하는 사람이 전혀 예측할 수 없을 정도로 신속하게 자리를 차지했기 때문입니다. 그 자리를 차지한 사람은 나하고 아무 관계없다고 생각하는 순간 나를 무시하고 자신의 이익을 위해 몰지각한 행동을 서슴지

○ 신영복, 《강의》(돌베개, 2004), p.184.

않은 것입니다. 염치없이 행동하는 이유는 부끄러워하는 마음이 없기 때문입니다. 엄밀히 말하면 왜 부끄러워해야 하는지 모르기 때문입니다.

사람이 사람으로 존중받는 이유 중 하나는 염치 있게 생각하고 행동할 줄 알기 때문입니다. 반대로 염치없이 생각하고 행동하는 순간 그 사람의 사람됨에 대해 의심하기 시작합니다. 부끄러워할 줄 아는 인간관계야말로 서로의 입장을 정확히 아는 관계일 뿐만 아니라 상대방을 존중해주는 관계입니다.

부끄러워한다는 이야기는 자기 입장에서 자기 이익만을 생각하는 게 아닙니다. 먼저 다른 사람 입장에서 생각해보고 나의 생각과 행동을 결정하는 인간적 배려가 있다는 것입니다. 부끄러워하는 사람은 자만하거나 교만하지 않고 상대보다 먼저 자세를 낮추고 자신의 부족함을 드러냄으로써 이해를 구합니다. 부끄러워해야 사람은 지금 여기서 멈추지 않고 끊임없이 배움을 찾아 공부하고 자신을 능력을 계발할 수 있습니다. 부족함을 부끄러워해야 그걸 채우고 사람됨을 갖추려는 부단한 공부를 시작합니다.

진정한 인간관계는 기쁨을 주는 관계입니다

재미를 주는 인간관계와 기쁨을 주는 인간관계는 어떤 차이가 있을까요? 우선 두 가지 인간관계의 차이를 이해하기 위해서는 기쁨과 재미의 차이를 구분할 필요가 있습니다.

사람은 기쁘거나 재미있을 때 모두 웃지만 그 웃음의 성격은 다릅니다.

재미는 사람을 웃게 한다는 점에서 기쁨과 매우 유사하다. 그러나 재미는 현존으로부터 오지 않는다. 그가 존재한다는 것으로 나는 기쁠 수 있다. 그가 존재한다는 것을 생각하는 것만으로도 기뻐서 웃을 수 있다. 그렇기에 나를 기쁘게 하는 그의 현존에 대해 나는 감사할 수 있다. 나를 기쁘게 하려고 애쓰는 그라고 한다면 더더욱 그의 현존에 감사할 수 있다. 그 감사로 인해 삶은 살아갈 만한 것이 된다.°

엄기호의 《고통은 나눌 수 있는가》에 나오는 말입니다. 그가 존재하는 것만으로도 나는 기쁠 수 있지만 그것만으로 나는 재미있지 않습니다. 기쁨을 주기 위해 이전과 다른 모습으로 존재하려는 상대의 안간힘을 느꼈을 때 나는 눈물이 납니다. 상대의 안간힘은 나를 기쁘게 해주기 위해서 사투를 벌이는 생존 경쟁일 수 있습니다. 기쁨은 상대의 존재 자체로 나에게 전해질 수 있습니다. 그가 별다른 노력을 하지 않아도 나에게는 그의 존재 자체가 기쁨이 될 수 있습니다. 이런 기쁨을 전해주는 인간관계는 그 자체가 행복의 원천입니다.

하지만 재미로 맺어지는 인간관계는 기쁨을 전해주는 인간관계와 전혀 다른 성격을 지닙니다. 내가 재미를 느끼는 것은 그의 존재와 더불어 부가적인 행동이 있기 때문입니다. 엄기호는 이에 대해 "우리는 그의 현존을 재밌어하는 게 아니라 그

○ 엄기호, 《고통은 나눌 수 있는가》(나무연필, 2018), p.169.

의 행위로 재밌다고 여기며 그 행위를 소비한다."°라고 말합니다. 기쁜 인간관계는 만남 자체만으로도 기쁘지만 재미있는 인간관계는 만나면서 상대를 재미있게 만들 준비물이 필요합니다. 기쁜 인간관계는 이전과 비교해서 뭔가를 더 요구하지 않지만 재미있는 인간관계는 비슷한 재미로는 상대를 웃게 만들 수 없기 때문에 이전과 다른 재미를 요구합니다. 더 많이 웃으려면 더 재미있는 무엇인가를 준비해야 합니다. 이전과 비교해서 재미있지 않으면 재미있는 인간관계는 거기서 끊어집니다.

반면 기쁜 인간관계는 뭔가를 제공해주어서 기쁜 게 아니기 때문에 이전과 다른 기쁜 것을 요구하지 않습니다. 오히려 상대가 뭔가를 더 하려고 할 때는 걱정하고 염려합니다. 지금 이 순간만으로도 충분히 기쁘다고 말합니다.

이처럼 기쁜 인간관계는 거래로 맺어진 관계가 아니라 존재 자체의 소중함으로 맺어진 관계입니다. 반면에 재미있는 인간관계는 더 재미있는 걸로 보여달라고 요구합니다. 상대의 요구에 부응하지 못하면 기존의 인간관계는 끊어지고 더 재미있는 걸 보여주는 사람과의 인간관계가 새로 시작됩니다. 그래서 엄

○ 앞의 책, p.170.

기호는 재미있는 인간관계의 끝을 예언해줍니다.

재밌는 존재가 되지 못한다면 존재감을 가질 수 없다. 우리는 존재감을 위해 관심을 끌어야 하고, 관심을 끌기 위해 재밌는 인간이 되어야 하고, 재밌는 인간이 되기 위해서는 무엇이든 할 수 있는 인플레 인간이 되었다.°

그런데 문제는 재미를 추구하는 인간관계가 우리 사회와 공동체의 밑바탕을 송두리째 흔듭니다. 재미가 재미있는 이야기에서 나오지 않고 타인의 고통이나 아픔에서 나옵니다. 익명성이 보장되는 네트워크 공간에서 재미는 타인의 아픔과 고통을 원료 삼아 재생산되고 무한 공유됩니다. 따라서 어떤 인간관계를 통해 재미가 아니라 기쁨을 주는 사이로 바꿔나갈 것인지가 우리의 숙제입니다.

○ 앞의 책, p.171.

행복한 관계는 함께 만들어가는 연대입니다

왜 우리는 다른 사람을 만나면서 살아가려고 할까요? 인정받고 존중받는 관계가 퍼져나갈 때 우리가 함께 만들어가는 공동체 속의 인간관계 역시 겸손과 존중의 관계로 발전합니다. 우리가 다른 사람을 만나 짧은 시간이라도 함께하려는 이유는 같이 지내면 지금보다 행복해질 수 있다는 믿음이 있기 때문입니다. 행복은 혼자 느끼는 게 아니라 관계 속에서 주고받는 삶의 충만감입니다. 행복한 관계는 관계를 만들어가는 사람의 노력 덕분입니다.

어떤 문제에 직면했을 때 찾아가서 상의하고 싶은 사람이 있다면 행복한 인간관계를 만들어왔다고 할 수 있습니다. 그 사람은 어떤 문제든지 터놓고 이야기할 수 있는 친구이자 스승이기 때문입니다. 스승은 꼭 뭔가를 가르쳐주는 사람이라기보다 나로 하여금 이전과 다르게 생각할 수 있는 자극을 주거나 계기를 만들어주는 사람입니다. 꼭 나보다 나이가 많거나 연륜과 경험이 풍부할 필요는 없습니다. 내가 해보지 않은 일, 가보지 않은 곳, 만나지 못한 사람을 먼저 경험하고 나름의 철학과 신념을 갖고 자기 언어로 자기 생각을 이야기하는 사람이 나의 스승입니다. 인간관계가 주는 행복은 바로 이런 스승을 만나 배울 수 있는 기반을 마련하는 데에서 비롯됩니다.

사랑의 가장 확실한 방법은 '함께 걸어가는 것'입니다. '장미'가 아니라 함께 핀 안개꽃입니다.°

신영복의 《처음처럼》에 나오는 말입니다. 꽃다발의 장미꽃이 아름다워 보이는 이유는 하얀 안개꽃이 묵묵히 배경이 되어주었기 때문입니다. 장미꽃과 안개꽃이 오래가는 관계로 발전하기 위해서는 안개꽃에게 고마워하는 장미꽃의 겸손함이 필

○ 신영복, 《처음처럼》(돌베개, 2016), p.135.

요합니다. 장미꽃의 화려함에서 사랑을 확인하기보다 기꺼이 배경이 되어주는 안개꽃에서 사랑의 본질을 확인할 수 있습니다. 전경으로 드러난 장미꽃이 어느 순간 배경으로 물러나고 그동안 자신을 위해서 묵묵히 봉사해준 안개꽃을 전경으로 떠받쳐줄 때 둘의 관계는 감동적인 관계로 발전합니다.

인간관계도 마찬가지입니다. 오늘의 나는 보이지 않는 가운데서도 내가 전경으로 드러날 수 있도록 도움을 준 수많은 은인들 덕분입니다. 인간관계는 전경과 배경 사이에 존재하는 아름다운 관계입니다. 어두운 배경이 밝은 전경을 낳고, 걸림돌이라는 배경이 디딤돌이라는 전경을 낳으며, 밑바닥 좌절이라는 배경이 정상에서 느끼는 기쁨이라는 전경을 낳습니다. 화려한 스타 플레이어가 돋보이도록 도움을 주는 어시스트의 존재가 인간관계를 더욱 아름답게 만들어주는 원동력입니다.

스치면 인연이 되지만 스미면 연인이 됩니다

한 사람이 사람이 되는 과정은 수많은 사람을 만나면서 이루어집니다. 한 사람의 삶은 사회적 합작품입니다. 우리는 만나기 싫은 사람도 만나고 계속 만나고 싶은 사람도 만납니다.

행복한 가정은 모두 고만고만하지만 무릇 불행한 가정은 나름나름으로 불행하다.°

톨스토이의 《안나 카레니나 1》에 나오는 첫 문장입니다.

○ 레프 니콜라예비치 톨스토이, 《안나 카레니나》, 박형규 옮김(문학동네, 2009), p.11.

《총, 균, 쇠》를 쓴 재레드 다이아몬드는 이 문장에 영감을 얻어 다음 문장으로 바꿔서 사용했습니다.

가축화할 수 있는 동물은 엇비슷하고, 가축화할 수 없는 동물은 가축화할 수 없는 이유가 제각기 다르다.°

이 문장을 사람과의 만남에 대입해서 바꿔 써도 여전히 문맥은 통합니다. "만나고 싶은 사람은 모두 엇비슷하고, 만나기 싫은 사람은 그 이유가 제각기 다르다." 만나고 싶은 사람은 사람을 끌어당기는 매력이라는 공통점이 있지만 만나고 싶지 않은 사람은 그 이유가 제각각입니다.

사람은 사람을 만나면서 사람이 됩니다. 사람도 본래는 공동체에 파묻혀 살아가는 일개 인간이었을 뿐입니다. 인간이 사람으로 거듭나는 과정은 다른 사람이 그 인간을 사람으로 인정해줄 때입니다.

인간이라는 것은 자연적 사실의 문제이지 사회적 인정의 문제

○ 재레드 다이아몬드, 《총, 균, 쇠(개정증보판)》, 김진준 옮김(문학사상사, 2005), p.234.

가 아니다…. 반면에 어떤 개체가 사람이 되기 위해서는 사회 안으로 들어가야 한다. 사회가 그의 이름을 불러주어야 하며, 그에게 자리를 만들어주어야 한다.°

김현경은 《사람, 장소, 환대》에서 사람다움은 우리가 원래 가지고 태어나거나 어떤 노력을 통해서 획득해야 되는 본질이 아니라고 합니다. 오히려 사람다움은 서로가 서로를 밀어주고 인정해줌으로써 생긴다고 말합니다. 내가 아무리 사람다워지려고 노력해도 나 아닌 다른 사람이 나를 사람으로 인정해주지 않고 관심을 보여주지 않는다면 나는 사람답게 살 수 없습니다. 사람됨은 사람이 살아가는 공동체에서 나에게 자격을 부여해줄 때 비로소 얻을 수 있는 사회적 자격증이나 다름없습니다. '인간'이 '사람'으로 바뀌려면 사람이 살아가는 사회가 이름을 불러주고 공동체의 구성원으로 인정해주어야 합니다. 그렇지 않으면 인간은 사회 속에서 살아가는 군중이나 무리일 뿐입니다.

○ 김현경, 《사람, 장소, 환대》(문학과 지성사, 2015), p.31.

스치면 인연이지만 스미면 연인이 됩니다. 스치는 만남은 당구공 같은 만남입니다. 몸의 일부가 당구공처럼 순간적으로 부딪쳤다가 순식간에 떨어지는 만남입니다. 언제 만났는지 기억도 잘 나지 않는 만남입니다.

우리는 하루에도 수많은 사람들과 스쳐 지나가며 만납니다. 스미는 만남은 짧은 만남이어도 깊은 인상이 남습니다. 그가 던진 한두 마디가 심장에 박히고, 그가 보여준 짧은 미소가 오랫동안 긴 여운을 남깁니다. 스미는 만남은 안도현 시인의 〈스며드는 것〉이란 시를 보면 어떤 만남인지 이해할 수 있습니다.

꽃게가 간장 속에/반쯤 몸을 담그고 엎드려 있다/등판에 간장이 울컥울컥 쏟아질 때/꽃게는 뱃속의 알을 껴안으려고/꿈틀거리다가 더 낮게/더 바닥 쪽으로 웅크렸으리라/버둥거렸으리라 버둥거리다가/어찌할 수 없어서/살 속으로 스며드는 것을/한때의 어스름을/꽃게는 천천히 받아들였으리라/껍질이 먹먹해지기 전에/가만히 알들에게 말했으리라/저녁이야/불 끄고 잘 시간이야

간장이 꽃게의 온몸에 스며들고 마침내 배 속의 알 사이사

이로 스며들 때 어미 꽃게가 사투를 벌이는 장면은 눈물겨울 정도입니다. 그만큼 스며들면 속수무책입니다. 마음을 휘젓습니다. 사랑은 그렇게 자신도 모르게 스며드는 것입니다. 그래서 스며든 무게만큼 사랑도 깊어집니다.

사랑하는 사람에게는 무엇이든지 다 해주고 싶습니다. 내가 그로 인해 기쁨을 느낄 수 있기 때문입니다. 사랑이 주는 기쁨 덕분에 우리는 누군가를 만나고 어떤 대상에 대한 애정이 생깁니다. 기쁨은 사람이든 사물이든 사랑에서 비롯됩니다.

도종환 시인의 〈가구〉라는 시에 보면 "본래 가구들끼리는 말을 많이 하지 않는다"라는 시구가 나옵니다. 사랑이 식으면 가구처럼 같은 방에 존재하지만 서로 말을 하지 않습니다. 사랑이 가구가 되면 서로의 존재를 잃어버리고 각자의 방식으로 살아갈 뿐입니다. 관심이 무관심으로 전락하고 관계가 경계로 변질되면서 사랑도 메말라갑니다.

사랑은 혼자 할 수 없습니다. 내가 누군가를 사랑하든 누군가 나를 사랑하든 사랑은 관계 사이로 흐르는 윤활유입니다.

사람다워지려면 자기 자리를 지켜야 합니다

사람이 사람다워지려면 자기 자리를 지켜야 합니다. 자기 자리는 자신이 있으면 돋보이는 '제자리'이고, 자신이 마땅히 '설 자리'이자 내가 살아갈 '살 자리'입니다. 제자리가 아닌데 자기 자리로 착각하거나 설 자리가 아닌데 그 자리를 차지하려고 할 때, 그리고 내가 살아갈 자리가 아닌데 거기서 버티려고 할 때 사람은 사람답지 못한 사람으로 전락합니다. 누구와도 바꿀 수 없는 제자리를 얼마나 사랑하는지에 따라서 나의 무게 중심은 그쪽으로 쏠립니다.

사람은 사람다운 사람과 사람답지 못한 사람으로 구별됩니다. 사람답게 사는 사람은 자신이 사랑하는 일을 하면서 그쪽으로 자신도 모르게 끌리는 사람이고, 사람답지 못하는 사람은 자신이 사랑하는 일과 정반대 방향으로 끌려가는 사람입니다.

물체는 제 중심에 따라서 제자리로 기웁니다. 중심이란 꼭 밑으로만 아니고 제자리로 기웁니다. 불은 위로 향하고, 돌은 아래로 향합니다. 제 중심을 향해 움직이면서 제자리를 찾습니다. 기름을 물밑으로 붓더라도 물위로 솟아오르고 물은 기름 위로 붓더라도 기름 밑으로 가라앉습니다. 제 중심을 향해 움직이면서 제자리를 찾습니다. 그런 질서가 덜한 곳에는 불안하고 질서가 잡히면 평온합니다. 제 중심은 저의 사랑입니다. 사랑으로 어디로 이끌리든 그리로 제가 끌려갑니다.°

아우구스티누스의 《고백록》에 나오는 말입니다. 세상의 모든 물체는 자체 무게로 인해 본래 자기가 있었던 제자리를 향해서 움직입니다. 물은 아래로 흐르고, 바람은 정처 없이 떠돌며, 온천수는 위로 치솟습니다. 모든 물체는 저마다 '자연스러운' 위치가 있고, 방해만 받지 않는다면 자신의 위치를 향해 자연스

° 아우구스티누스, 《고백록》, 성염 옮김(경세원, 2016), pp.523-524.

럽게 움직입니다. 예를 들어 사과가 왜 떨어지느냐 하면 사과의 고향은 흙이기 때문에 자신의 본래 자리로 돌아가는 것이고, 물은 바다가 고향이기 때문에 긴 여정을 마다하지 않고 굽이굽이 흘러 아픔을 다 받아주는 바다로 갑니다.

세상에서 가장 행복한 순간은 자기 무게가 정착하고 싶은 목적지를 찾아가는 과정입니다. 사과는 나뭇가지에 매달려 있을 때보다 땅으로 떨어져야 비로소 휴식을 취할 수 있고, 온천수는 땅속에 잠복하고 있을 때보다 땅 위로 치솟았을 때 유익합니다. 모든 존재의 가치는 제자리를 찾아가서 자신의 진면목을 드러낼 때 나타납니다.

돌을 허공에 던지면 아래로 떨어지고, 마른 장작에 불을 붙이면 불기둥은 위로 치솟으며, 촛불은 바람결에 좌우로 흔들립니다. 본래의 자기 자리를 찾아 그쪽을 향해 움직이는 것입니다. 연어는 산란기가 되면 거친 물살을 거슬러 오르며, 바람개비도 바람을 거슬러 역풍을 타야 회전운동을 시작합니다.

물속에 아무리 기름을 투입해도 기름은 결국 물위로 떠오릅니다. 마찬가지로 기름 위에 아무리 물을 쏟아부어도 물은 기름과 섞이지 않고 자기 자리를 찾아 아래로 가라앉습니다. 기름의 자리는 위에 있고, 물의 자리는 아래에 있습니다. 그래서 바다로 모이는 물이 아름답습니다.

생명체뿐만 아니라 모든 물체가 자기 자리를 찾아가는 여정이 살아 있다는 증표입니다. 물고기가 죽으면 물 위로 뜨고, 새가 바람을 거슬러 날아가지 못하면 추락합니다. 자기 무게로 자기 자리를 찾아가지 못하고 표류하면 언제 죽음을 맞이할지 모릅니다. 결국 자기의 무게로 자기 자리를 찾아가는 운동을 계속할 때만 살아 있는 것입니다.

우리가 불안한 이유는 자기 자리를 벗어나 있기 때문입니다. 자기 자리를 벗어나면 불안정해지고 제자리로 다시 돌아가면 놀라울 정도로 편안해집니다. 아우구스티누스가 사랑을 무게로 표현한 이유도 내가 사랑하는 만큼 무게가 나가고, 그 무게가 지향하는 방향대로 살아가면 행복하기 때문입니다.

나를 끌리게 만드는 대상과 사랑에 빠지면 그쪽으로 나의 무게 중심이 쏠립니다. 내가 사랑하는 만큼 무게가 더해지고, 무거워진 만큼 쉽게 방향 전환을 할 수 없습니다. 사랑의 무게가 나의 존재감을 드높여줍니다. 가볍게 행동하지 않는 것입니다. 이미 내 삶의 무게중심이 사랑하는 대상에게 쏠려 있기 때문입니다.

그 사람이 누구인지를 알아보려면 그 사람을 이끌고 있는 사랑을 보면 됩니다. 그 사람이 사랑하는 대상이 바로 그 사람입니다. 아우구스티누스가 《고백록》에서 고백한 "제 중심은 저의 사랑입니다. 사랑으로 어디로 이끌리든 그리로 제가 끌려갑니다."라는 구절이 바로 인간의 사랑과, 사랑으로 끌려가는 인간적 삶의 본질을 보여줍니다.

사람에게는 끌리는 대로 따라가려는 욕망이 파동을 일으킵니다. 하지만 사람이든 물체든 불안한 이유는 자신이 있어야 할 제자리를 못 찾았기 때문입니다. 문제는 무엇을 사랑하느냐입니다. 내가 책 읽기를 사랑하면 책과 눈이 맞아서 사랑에 빠지는 것이고, 글쓰기를 사랑하면 글을 쓰는 일에 혼신의 힘을 다합니다. 내가 누군가를, 혹은 무언가를 사랑하는 무게가 나의 존재감의 무게입니다.

존재감을 느끼는 사람이라야 다른 존재를 사랑으로 끌어안습니다. 존재감이 있는 사람은 스쳐 지나가는 사람이 아니라 다른 사람의 마음속으로 스며드는 사람입니다. 존재감의 무게는 내가 사람이나 사물을 얼마나 사랑하느냐가 결정합니다. 스치면 어쩌다 만난 인연으로 끝나지만 스미면 연인이 됩니다.

사람은 다른 사람을 만나면서 사람으로 거듭납니다

우리는 우리의 경험을 기술하는 이야기를 누군가에게 할 필요
가 있는데, 이는 이야기를 창조하는 과정이 우리의 남은 삶을
위한 이야기의 요지를 담을 기억의 구조를 창조하는 것이기도
하기 때문이다.°

아서 프랭크의 《몸의 증언》에 나오는 말입니다. 내가 인간
관계의 얼룩과 무늬를 반추하며 기록하는 이유도 사람을 만나
면서 깨달은 이야기를 창조하는 과정이 내 남은 인생 동안 어떤

○ 아서 프랭크, 《몸의 증언》, 최은경 옮김(갈무리, 2013), p.136.

사람을 어떻게 만나야 할지 생각해보는 소중한 시간이기 때문입니다. 내가 갖고 있는 인간관계에 대한 기억의 구조를 개선하는 방법은 지금까지 만났던 사람과의 기억을 더듬어 정리한 다음 앞으로 사람을 만날 때 그 교훈을 참고하는 것입니다. 그것이 바로 경험을 글로 옮겨 적는 과정에서 새로운 기억의 창고를 창조하는 방법입니다.

오늘의 내가 다른 사람을 만나 배우는 것도 수많은 사람과의 만남 속에서 배운 교훈을 토대로 이루어집니다. 앞으로 만나는 사람은 지금까지 만난 사람과는 다른 사람이고 다른 방식으로 만나는 것입니다. 내가 만나는 사람과의 미래는 과거와 현재의 연속선상에 있지만 다른 미지의 세계를 품고 있습니다.

기억은 과거의 것만이 아니고 미래를 구축하기 위한 구성 요소다. 기억의 폭이 좁을수록 미래를 폭넓고 독창적으로 구상할 가능성도 줄어든다. 기억을 먹여 살리는 방법은 몸을 먹여 살리는 방법만큼 중요하다. 개인의 경험은 부족한 식단이지만 남들에게 습득한, 사실상 살아 있거나 죽은 모든 인류에게서 습득한 간접 기억으로 보완할 수 있다. 기억이 빈약하면 이전에 가본 곳 말고는 앞으로 어디로 갈지를 상상할 수 없다.”◦

시어도어 젤딘의 《인생의 발견》에 나오는 말입니다. 비록 사람과의 만남에서 내 몸에 각인된 기억은 미천하지만 기억의 창고를 들추면서 거기에 아직도 남아 있는 사람의 잔향과 흔적을 찾아 정리하는 과정에서 앞으로 내가 만날 사람의 미래도 상상하게 됩니다. 미래를 상상하는 일은 결국 밑도 끝도 없는 뜬구름 잡은 공상이 아니라 지금까지 내가 했던 경험을 원료로 또다른 가능성의 세계를 구상하는 일입니다.

사람과의 만남으로 내 몸에 새겨진 수많은 기억의 파편을 모아 교훈을 정리하고 인간관계를 성찰해보는 일이 나에게는 단순히 사람과의 만남을 생각해보는 일을 넘어 나의 미래를 상상해보는 일이기도 합니다. 기억의 파편을 조합하고 정리하는 일은 과거의 추억으로 끝나지 않습니다. 그것은 현재의 일이고 미래를 지향하고 있습니다. 사람과의 만남에서 내가 배운 교훈은 인간관계를 맺는 소중한 징검다리 역할을 합니다.

작은 만남도 크게 해석하는 사람, 스쳐 지나가는 인연도 스며드는 관계로 발전시키는 사람이 인간관계를 통해 배우는 사람입니다. 배우고 싶은 사람은 뭔가 달라도 다른 사람입니다.

○ 시어도어 젤딘, 《인생의 발견》, 문희경 옮김(어크로스, 2016), pp.174-175.

그들은 지금까지 살아온 관성대로 살아가지 않고 언제나 깨어 있는 삶을 살기 위해 배움을 멈추지 않는 사람입니다. 만나는 모든 사람에게 배울 점이 있다고 생각하는 사람에게 '만남'은 깨달음의 세계로 인도하는 배움의 무대입니다.

모든 만남은 만나야 하는 이유가 있는 마주침입니다. 비록 이유 없이 만난 인연이라도 돌이켜보면 만날 수밖에 없었던 소중한 인연이었습니다. 사람과의 만남을 나의 방식으로 해석하지 못하면 수많은 사람을 만났어도 스쳐 지나가는 만남으로 기억됩니다. 사람과의 만남을 통해 배울 수 있는 교훈을 스스로 정리하는 틀을 갖고 나의 방식대로 해석해내지 못하면 소중한 인연으로도 발전시키지 못합니다.

비록 나에게는 걸림돌이었던 만남도 나의 방식대로 나의 언어를 사용하여 내가 정리해놓으면 그 기록은 다른 사람에게 소중한 만남의 디딤돌이 됩니다. 사람과 사람의 만남으로 이어지는 인간관계의 끈은 끊어지지 않고 계속 이어집니다. 그 인연의 끈에 매달린 나의 소중한 체험이 또 다른 사람이 인연을 만들어가는 데 밑거름이 됩니다.

물음표에서 느낌표로

—— 사랑은 혁명을 시작하는 신호탄입니다

사람과 사람이 만나면 따뜻한 사랑의 싹이 자랍니다. 하지만 언제나 그런 것은 아닙니다. 본래 의견이 다르고 주장도 다른 두 사람이 만나다 보면 갈등과 충돌도 빈번하게 일어납니다. 사랑의 둥근 'ㅇ'이 생긴 원동력은 사람의 'ㅁ'이 부딪치면서 일어난 갈등과 충돌 덕분입니다. 바닷가의 둥근 돌멩이도 처음에는 모가 난 돌멩이끼리 부딪치며 주고받은 상처 덕분입니다.

사람과 사람은 저마다의 다른 탄생 배경과 사연을 갖고 살아갑니다. 나와 다른 사람을 만나 나도 나만의 색깔을 드러내면서 색다른 사람으로 거듭납니다. 오늘도 사람을 만나고 내일도 사람을 만납니다. 만남 속에서 오가는 다른 생각과 의견이 오늘과 다른 나를 내일로 데려갑니다. 어떤 사람은 나에게 따뜻한 사랑의 씨앗을 뿌리고 가지만 어떤 사람은 아픈 상처를 남기고 갑니다. 어떤 사람은 만나고 헤어지면 또 만나고 싶지만 어떤 사람은 더 이상 만나고 싶지 않습니다. 어떤 사람은 기쁨을 주지만 또 어떤 사람은 참을 수 없는 슬픔을 던져놓고 갑니다. 사람은 이렇게 사람과 사람이 만나 생기는 인간관계의 얼룩과 무늬가 만든 사회적 합작품입니다.

사람이 사람을 만나 싹이 트는 사랑은 나를 사랑하는 일부터 시작됩니다. 나를 사랑하지 않는 사람은 다른 사람도 사랑하지 않습니다. 자신을 지극히 사랑하는 '애정'이 다른 사람을 사랑하는 '열정'을 낳고 내가 하는 일에도 몰입과 집중을 가져옵니다.

나를 어떻게 개발하고 성숙의 경지로 이끌어갈지를 고민하는 '전략'과 '방법'은 나를 사랑하는 일 다음에 자연스럽게 따라옵니다. 나를 사랑하면 나를 어제보다 나은 사람으로 만드는 전략과 방법은 문제가 되지 않습니다. 나를 사랑하지 않는 사람에게 자기를 계발하는 전략과 방법은 수단이며 계략이고 술책입니다.

이런 사실은 내가 하는 일에도 그대로 적용됩니다. 내 일을 사랑하지 않는 사람에게 그 일을 잘하는 전략과 방법을 아무리 가르쳐주어도 스쳐 지나가는 마이동풍(馬耳東風)일 뿐입니다. 그러나 내 일을 사랑하면 물음표가 고개를 들기 시작합니다. 사랑이 뜨거워지면 그만큼 알고 싶어지기 때문입니다.

《사랑의 급진성》°을 쓴 크로아티아의 철학자 스레츠코 호르바트에 따르면, 사랑은 우연한 '빠져듦(fall)'이고 그것은 곧 '혁명'입니다. 한번 빠져들면 위험해집니다. 그때부터 세상은 이전과 다르게 보이기 시작하고 멀쩡하던 자아에 균열이 생기기 시작합니다. 혁명과 사랑은 모두 우연한 빠져듦으로 시작하는 위험한 몰입입니다. 빠져든 사랑은 다가올 위험을 무릅쓰고 일상의 흐름을 거슬러 올라가는 혁명입니다.

우연한 계기로 엮여 서로의 세계를 흡수하면서 안 하던 짓을 하거나 하던 짓을 안 하게 되는 일. 연애가 그랬고 공부가 그랬

○ 스레츠코 호르바트, 《사랑의 급진성》, 변진경 옮김(오월의봄, 2017).

다. 이전과 다른 삶으로 넘어가는 계기적 사건이 사랑 같다.°

은유의 《다가오는 말들》에 나오는 사랑에 관한 정의입니다.
뜨거운 물음표로 시작한 '사랑'은 마침내 이전과 다른 삶으로
넘어가는 혁명을 일으킵니다.

사랑이 식으면 관성의 그림자가 드리우고 습관적으로 반
복하는 지루한 일상이 시작됩니다. 그러나 상식에 시비를 걸고
타성에서 벗어나려는 곡선의 물음표는 직선의 느낌표를 찾아
내기까지 결코 포기하지 않습니다. 곡선의 물음표는 방황을 거
듭하지만 직선의 느낌표를 마침내 찾아내는 순간 방향을 잡습
니다.

사람과 사람 사이에도 호기심의 물음표와 감동의 느낌표가
있습니다. 내가 만나고 싶은 사람은 우연히 만날 수도 있고, 누
군가의 소개로 만날 수도 있습니다. 이런 사람, 저런 사람 만나
면서 이런저런 기쁨과 감동을 누리기도 하지만 이런저런 상처
를 받기도 합니다. 그래서 모든 만남은 언제나 호기심의 물음표
로 상대를 향해 여행을 떠나는 탐험입니다.

○ 은유, 《다가오는 말들》(어크로스, 2019), p.87.

—— 사랑으로 시작한 만남이 혁명을 완수합니다

사랑으로 다가설 때 비로소 상대의 가슴에 맺힌 사연이 범상치 않게 보이고 색다르게 들리기 시작하면서 그 사연을 이해할 수 있는 문이 열리기 시작합니다. 사랑은 상대의 아픔과 슬픔, 숱한 사연과 배경, 어두운 그림자와 보여주고 싶지 않은 얼룩을 모두 가슴으로 끌어안는 것입니다. 사랑하지 않고서는 상대와 진심으로 만날 수 없습니다.

사랑 없이 이루어지는 만남은 상대가 진정으로 원하는 것이 무엇인지를 알고 싶지 않은 스쳐 지나가는 만남입니다. 사랑은 상대의 아픔을 어루만져 주고 슬픔을 쓰다듬어주며, 어두운 그림자에 빛을 드리워주고, 보여주고 싶지 않은 얼룩을 덮어주는 돌봄입니다. 대상이든 사람이든 사랑하지 않으면 절대로 나에게 다가오지 않습니다.

사랑으로 만난다는 것은 만남을 가로막는 껍데기를 걷어내고 속 깊은 내면으로 함께 파고들어가는 것입니다. 그리고 혼자서는 도저히 해결할 수 없는 일을 기꺼이 꺼내놓고 함께 머리를 맞대고 대안을 찾아 나서는 여정입니다.

사랑으로 만난다는 것은 한 사람이 살아온 역사를 더듬어 반추해보는 일이며, 지금 여기서 살아가는 현실 속에서 진실을 캐내는 작업이며, 앞으로 살아갈 미래의 가치에 대해 공감하는 과정입니다. 사랑으로 만나는 만남이라야 타자가 겪는 아픔을 나의 아픔으로 끌어안고 그 아픔을 치유하기 위한 결단을 내리고 행동합니다. 사랑만이 혁명을 완수합니다.

───── 사랑으로 만든 흔적이 관계의 기적을 낳습니다

사랑으로 만난다는 것은 방관자적 삶의 자세로 그 사람을 멀리서 관망하거나 관조하는 게 아니라 기꺼이 그 사람의 입장이 되어서 잠시라도 그 사람의 삶을 살아보는 겁니다. 사랑으로 만나는 것은 일상의 배경으로 묻혀가는 것이 아니라 나를, 우리를 세상의 중심으로 설정하는 일입니다. 그래서 참 쉽지 않은 일입니다.

사랑으로 만나는 일은 따뜻한 진심과 부끄럽지 않은 진정성으로 상대와 내가 혼연일체가 되는 과정입니다. 누구에게는 자기 삶의 전부를 고백하는 문제이고, 누구에게는 자신의 치부를 드러내는 힘겨운 결단입니다. 누구에게는 과거의 슬픔을 다

시 건드리는 문제이고, 누구에게는 다시 한번 어렵게 반추해보는 고백의 시간입니다. 그럼에도 불구하고 우리가 사랑으로 만나야 되는 이유는 그런 만남만이 공감의 연대를 이룩할 수 있는 유일한 방법이기 때문입니다.

오직 사랑만이 사람과 사람을 만나게 할 수 있으며, 힘겹고 어렵지만 같은 방향과 가치를 가슴에 품고 함께 걸어갈 수 있게 합니다. 같은 사람을 오늘 만나고 내일 만나도 언제나 남다른 설렘이 있다면 매 순간이 경이로운 기적으로 다가옵니다. 사랑으로 다가갈 때 타자는 나를 괴롭히는 지옥이 아니라 오늘의 나를 다른 나로 이끌어주는 디딤돌이 됩니다.

사람과 사람 사이에 감동의 느낌표가 축적되면 마침내 두 사람 사이에 혁명이 일어납니다. 혁명은 지금과 다른 삶을 살고자 하는 사람에게만 주는 선물입니다. 사랑은 아픔과 슬픔을 희망과 용기로 변신시켜주는 촉매제입니다. 사랑의 물음표를 만나는 사람은 이전과 다른 삶을 살기 시작합니다. 사랑의 물음표가 사람과 사람 사이에 침투하면 경계가 무너지고 튼실한 신뢰가 자라는 관계로 바뀝니다. 사랑이 전제되지 않으면 불가능한 일입니다.

이런 사람 만나지 마세요

초판　1쇄 발행 2019년 8월 12일
초판 11쇄 발행 2021년 7월　5일

지은이 | 유영만
그린이 | 김효은
펴낸이 | 한순 이희섭
펴낸곳 | (주)도서출판 나무생각
편집 | 양미애 백모란
디자인 | 박민선
마케팅 | 이재석
출판등록 | 1999년 8월 19일 제1999-000112호
주소 | 서울특별시 마포구 월드컵로 70-4(서교동) 1F
전화 | 02)334-3339, 3308, 3361
팩스 | 02)334-3318
이메일 | tree3339@hanmail.net
홈페이지 | www.namubook.co.kr
블로그 | blog.naver.com/tree3339

ISBN 979-11-6218-072-3 03810

이 도서의 국립중앙도서관 출판예정도서목록(CIP)은 서지정보유통지원시스템 홈페이지
(http://seoji.nl.go.kr)와 국가자료종합목록 구축시스템(http://kolis-net.nl.go.kr)에서
이용하실 수 있습니다.(CIP제어번호: CIP2019028941)